天上の獅子神と契約の花嫁
Tenjou no shishigami to keiyaku no Hanayome
――愛してくれて、ありがとう。
花嫁らしいことを、何一つ出来なくてごめんなさい。
あなたを一人にしてしまって、ごめんなさい。

天上《てんじょう》の獅子神《ししがみ》と契約《けいやく》の花嫁《はなよめ》

月森《つきもり》あき

ILLUSTRATION：小禄《ころく》

天上の獅子神と契約の花嫁

LYNX ROMANCE

CONTENTS

天上の獅子神と
契約の花嫁

果てのない海に囲まれた広大な大陸。

そこに千三百年前に建国された一つの国を、初代国王はマクベルダ王国と名付けた。現在、その血を受け継ぐ第十九代目の王が国を導き、国民の暮らしを守っている。

大陸には四季があるものの冬と夏の気温差はそれほどなく、一年を通して過ごしやすい天候に恵まれた地だ。農作物も良く育ち、それを主食とする動物たちの発育も良く、海では魚介類も豊富に獲《と》れ、大地と海の恵みが王国の民の食卓を潤している。

人々はその恵まれた環境を、全ては雲の上にあるリリスに住む神・ウィシュロスの加護のおかげとし、王宮の裏手にそびえ立つケプト山脈に聖堂を作り、国中のいたるところに教会を置き、建国時より崇《あが》めてきた。

マクベルダ王国は神に守られた国として、国旗にもその姿を模した銀色の獅子《しし》が描かれている。

今日の平和があるのは、神の加護のたまもの。人人は日々、神に感謝して暮らしている。

マクベルダ王国は、聡明な国王と神であるウィシュロスによって、繁栄を遂げてきた国。

その安寧とした生活は、これからも未来永劫《えいごう》続いていくものだと、誰しも信じて疑わなかった。

＊＊＊＊＊

——どこかで、声が聞こえる。

アーシャは自分を呼ぶ声に瞼《まぶた》を震わせ、ふっと目を開けた。

淡褐色の瞳に映った空は、微《かす》かに紅がかった薄い色をしている。

白磁のような肌を涼やかな春風が撫《な》で、成人を迎えていない証《あかし》の、小麦色の長い髪を揺らす。

ゆっくりと左右に視線を巡らせても、辺りに人の姿はない。

誰かに呼ばれた気がしたが、気のせいだったのだろうか。または夢の中での出来事だったのか……。

アーシャはそんなことをぼんやりと考えながら凛《りん》とした瞳を瞬《しばた》かせた後、勢い良く起きあがる。

「うわ、寝ちゃってた！」

今、時間はどのくらいだろう。

太陽の位置から時間を確かめようと、空を見渡す。太陽はすでにケプト山脈に隠れそうになっていた。

「まずい、もうこんな時間……」

アーシャは立ち上がり、王宮お抱えの庭師によって隅々まで手入れされ作り上げられた、広大な庭園を駆け抜ける。

今日は王国でも有数の名家に嫁いだ姉のメリルが、夫であるワーズ公と共に会食に顔を出す予定になっていた。

メリルは現国王・サロモンの四人の実子の中で一番年長で、アーシャたち弟の面倒をよく見てくれた。

王妃だった母はアーシャが五歳の時に亡くなっており、そのためメリルのことを本当の母親のような感覚で慕っている。メリルも母を知らずに育った末弟が不憫《ふびん》だったのか、二人の兄よりもアーシャに目をかけてくれているようだった。

国王である父は多忙で、十分に親子の時間は持てなかったが、母のような姉と、頼もしい二人の兄に囲まれて、アーシャは何不自由なく育った。

アーシャは現在十七歳。あと三月《みつき》で成人の十八歳を迎える。

もうすぐ大人の仲間入りを果たすが、家族の中では末子ということで、まだまだ子供扱いされている。

特にメリルの頭の中では、アーシャは十歳くらいの年頃で成長が止まっているようで、嫁いでからもたびたび手紙を寄越し、近況を尋ねてくる。

その姉が、半年ぶりに帰ってくるのだ。

久しぶりに家族全員での会食ということで、今晩を楽しみにしていた。けれど、楽しみにしすぎて昨夜はなかなか寝付けず、昼食を食べた後、少し昼寝をしようと横になったのが失敗だった。

庭園を駆けるアーシャの耳に、王都の中心部にある大聖堂から時間を知らせる鐘の音が聞こえてきた。

この王国には各地に神を祀《まつ》る教会があり、その中心的存在であるリシェール大聖堂が時間を司《つかさど》っている。鐘が鳴る回数は一回から六回まで。それが四巡すると一日が終わる。

いつ鐘を鳴らすかは、大聖堂内にある大きな砂時計で測っており、砂が全て落ちきると鐘を鳴らし、また砂時計をひっくり返して、次の鐘を鳴らす時を測っている。この大聖堂の鐘の音と、太陽や月の位置からマクベルダ国民は時間を知ることが出来た。

アーシャは鐘の音に耳を澄ます。今は五回鳴った。つまり、昼の五つ鐘の時間。会食は夕の一つ鐘の時間に始まることになっている。

まだ時間はあるものの、一度部屋に戻って身支度をする必要がある。ゆっくりはしていられない。

万が一、礼儀作法に厳しいメリルを交えての会食に遅刻なんてしようものなら、どんな叱責を受けるか……。考えただけで身震いしてしまう。

メリルは普段はとても優しいが、怒らせると誰よりも怖いのだ。

大きな声を出すわけでもないのに、ワントーン低く冷たい声音で諭すように叱られると、蛇《へび》に睨《にら》まれたカエルのように誰でも硬直してしまう。

母親譲りだというその儚《はかな》げな美貌《びぼう》からは想像もつかない豹変《ひょうへん》ぶりに、王都で一番怒らせてはならない人とまで称されるほどだった。

アーシャは急いで、宮殿から庭園にかけて長く延びている石階段を駆け上がった。

「おかえりなさいませ」

「ただいま！」

甲冑《かっちゅう》を着た門番が扉を開けてくれる。それが開ききらないうちに、身体《からだ》を滑り込ませた。

会食の準備に忙しい使用人たちの前を走り抜け、三階の自室を目指す。

絨毯《じゅうたん》敷きの階段を急ぎ足で上っていくと、部屋から出てきたアーシャ付きの老従者と正面衝突しそうになってしまった。

「おっと！　アーシャ様、何事ですか？」

「ごめん、モルダ。会食に遅れるといけないと思って、急いで戻ったんだ」

モルダが押さえてくれている扉を抜けながら、アーシャは控えの間に足を踏み入れる。

アーシャの自室は、一番手前が来客をもてなす控えの間、その奥が寝室となっており、さらに寝室の奥には衣装部屋として使っている小部屋がある。控えの間の隣には、使用人の待機室もそなえていた。

その待機室に繋《つな》がる小さな扉から、モルダの娘でアーシャの乳母を勤めていたこともある、四十代半ばの侍女が姿を現す。

「アーシャ様、おかえりなさいませ」

「ただいま、ローザ」

「あらあら、どちらにおいでだったのですか？　御髪《おぐし》に葉っぱがたくさんついてますよ」

「庭で横になってたんだ」

「まあ……」

ローザはそこで何かに気がついたかのように言葉を途切れさせ、小声で「お顔に痣《あざ》が……」と神妙な顔で指摘してきた。彼女が何を言いたいのかすぐに悟り、左の頰《ほお》を反射的に手で押さえる。

不思議なことに、アーシャには生まれつき左頰に蝶《ちょう》の形をした赤い痣があった。けれどそれは常にあるわけではなく、身体を動かして体温が上昇した時や、感情が高ぶった時に浮かび上がるという特性を持っていた。

父はこの特異体質について「それは『神に愛された証』だから、何も心配することはない」と言い、「けれど突如浮かび上がる痣に驚く者もいるかもしれない。極力、人目に触れさせないように」と、幼いアーシャに幾度となく教え説いた。


アーシャは気持ちを鎮めるため数回深呼吸し、頰から手を離すとローザに確認する。

「もう消えた？」

「ええ。……さあ、アーシャ様、少し屈《かが》んでくださいませ」

ローザは何事もなかったかのように微笑《ほほえ》むと、主《あるじ》であるアーシャの髪についている葉を取り払った。

「アーシャ様は相変わらずやんちゃですのね」

「これ、ローザ。許可なくアーシャ様に触れてはならぬと、いつも申しておるだろうが」

「あ、つい……。失礼いたしました」

恐縮するローザと、娘の非礼を詫《わ》びるモルダに、アーシャは困り顔になる。

「モルダ、前も言ったけど、そんなに畏《かしこ》まらないで。二人には僕が赤子の時から世話になってるんだから。僕は二人を第二の家族のように思っているんだよ」

「もったいないお言葉ですが、アーシャ様はもうじき成人を迎えられるのです。ご自身のお立場をよく考えて行動なさってください」

「わかったよ。でも、成人するまでの間は、二人に甘えてもいいでしょう？」

モルダの進言を聞き入れつつも、成人を境に気心の知れた二人との関係に変化が訪れることに不安を抱き、つい付け加えていた。

いつの間にやら皺《しわ》の多くなったモルダの顔を、アーシャは上目遣いに注視する。その懇願するかのような視線に耐えかねたのか、モルダは渋々ながらも承諾してくれた。

「むぅ……。成人するまで、そしてこの部屋の中だけですぞ」

モルダの言葉に、アーシャだけでなく、ローザの顔もパアッと明るくなった。


ローザは昔、流行病《はやりやまい》で夫と小さな子供を亡くしている。当時、王宮の近衛兵《このえへい》をしていたモルダの口利きで、生まれたばかりのアーシャの乳母として働くようになった。そうした経緯から、ローザはまるで我が子のようにアーシャを慈しんでくれていた。

モルダも歳《とし》を取って近衛兵の任を退《しりぞ》いた後は、アーシャ付きの従者として仕えており、時として苦言を呈してくれる。二人ともアーシャにとって、かけがえのない存在だった。

「アーシャ様、御髪がずいぶん伸びましたわね。綺《き》麗《れい》な小麦色の御髪ですのに、成人の儀で切ってしまうのがもったいないですわ」

ローザはいつものように、鏡台の前に座ったアーシャの腰まである長い髪を丁寧に梳《す》きながら、そんなことを呟《つぶや》いた。

「何を言うのだ。短い髪は成人した男子である証。

もったいないも何もない」

「でもね、お父様。男の方からするとそういうものなんでしょうけど、毎日、こうしてアーシャ様の御髪をとかしていた私は、思い入れが強いのでございますよ」

　仲の良さが窺《うかが》える二人の会話を聞いていると心が温まり、自然と笑みがこぼれる。アーシャは微笑みながら、鏡越しに二人の様子を見ていた。

「さて、御髪はこれでよろしいですわ。後はお召し物ですね」

　すでに用意してあったのか、衣装部屋に向かったローザが、すぐに会食用に誂《あつら》えた衣装一式を手に戻ってきた。

「本日はこちらにしましょう。寒い冬の間、眠っていた草花が目覚めるこの季節に相応《ふさわ》しい、新緑色の上衣ですわ」

　ローザに急《せ》かされ、着ていた上衣を脱ぐ。そこでローザが小さく声を上げた。

「まあまあ、たいへん！　下のお召し物も砂と草まみれ！　全身お着替えが必要ですわね」

　再び衣装部屋に戻ったローザは、新しい襟つきの釦《ボタン》シャツと脚衣《ズボン》を持ってきてくれた。

　アーシャが着替え終わると、ローザが飾り糸と金釦で装飾された新緑色の上衣を着せかけ、モルダがすかさず姿見を持ってきてくれる。

　鏡の中の自分は、肌触りのいい白い絹のシャツとウールの脚衣、膝下までの皮のブーツに、成人を迎えていない証の腰丈の上衣を羽織り、その上からマクベルダ王国を体現する蒼《あお》色の刺繍《ししゅう》が施された、幅広の布製のベルトを巻いている。

　隣に立つローザが姿見を覗《のぞ》き込み、鏡越しに満足そうに微笑みかけてきた。

「今日も素敵ですわ、アーシャ様」

「ローザは毎日それればかり言うね」

「だって本当にお綺麗なんですもの。ねえ」

ローザに同意を求められたモルダもコクリと頷《うなず》く。

「男が綺麗でもあんまり意味ないと思うけど」

アーシャは金の額縁に無数のレリーフが彫刻された姿見を見やる。

母親の面差しに似た顔は、父や二人の兄と比べれば、頼りなさそうに見える。特に今はまだ成人前で、母親譲りの茶色の髪を後ろで一つに結ってあるからか、線の細い容姿と相まって、ともすれば女性のように見えてしまう。

兄たちは屈強な父に酷似した容姿と体軀《たいく》をしているというのに、なぜかアーシャだけが身体つきも貧相で、それを密かに気にしていた。

「成人する頃には、兄様たちのようになれると思っていたのになぁ」

呟きながら、鏡に映し出された自分の姿にため息をこぼす。

正装の時は、この上から階級によって色分けされたマントを羽織るが、今夜は内々の会食だからそこまで畏まった服装である必要はなかった。

けれど、本心では常にマントをまとっていたい気分だ。マントがあれば、この腰の細さもある程度隠せる気がする。

ローザはどんな格好をしても褒めてくれるが、アーシャはこの貧弱な身体を恥ずかしいと思っていた。

「こちらは洗っておきますね」

「いつもありがとう、ローザ」

先ほどまで着ていた普段着用の衣服をまとめ、ローザが退室する。

普段着といっても、準正装の今着ている衣装より装飾が地味なだけで、生地も仕立ても上等だ。それゆえに手入れも難しいようだったが、ローザは王宮の洗濯場には出さず、いつも自ら綺麗に汚れを落として皺も伸ばしてくれていた。

「さて、アーシャ様。そろそろお時間ですぞ」

「わかった。いってくる」

「いってらっしゃいませ」

アーシャはモルダに見送られながら、自室を後にした。

会食が行われる場所は、普段の食堂とは別の広間だと聞いている。

そこは通常、客人が訪れた時に使用しており、今回はメリルが夫であるワーズ公と共に列席するためその広間になった。

自室を出たアーシャは、再び階段を下り一階の広間を目指す。


「あっ、兄様！」

長い廊下を歩いていると、執務室から出てきた二人の兄を発見し、後ろから駆け寄った。

父親と同じ黒髪に濃紺の上衣を着ている、剛健な気質が滲《にじ》み出た逞《たくま》しい体躯を持つ青年が、長兄のアドルフ。その隣の深紅の上衣に身を包んでいる、はしばみ色の髪をした長身の青年が、次兄のイザークだ。

二人とも、母似のアーシャとは系統の違う、はっきりとした目鼻立ちの美丈夫だ。

振り返ったアドルフはアーシャと目が合うと足を止め、柔和な笑みを浮かべる。

「ちゃんと遅れずに来たな。ああ、今日の服、よく似合ってる」

「ローザの見立てです」

「彼女は趣味がいい。アーシャに何が一番似合うか、よくわかっているな。どれ、後ろ姿も見せてみろ」

　アドルフに請われ、アーシャはその場でクルリと一回転する。

「うん、我が弟君は、どこから見ても完璧だ」

　アドルフはいつもこの調子だ。第一王位継承者として、マクベルダ王国とそこに住まう国民を一番に考え、政務中は己にも家臣にも厳しいが、私事では末子のアーシャに対しては度を超して甘い。

　相好を崩し、ニコニコしながらアーシャを眺めるアドルフの隣で、次兄のイザークも賛同する。

「兄さんの言うとおり、アーシャは美しく可愛《かわい》らしい。この小麦色の髪を切ってしまうのが、もったいないな」

　イザークの手が伸びてきて、一つに束ねた髪をすくい取られた。

「成人することは喜ばしいけれど、せっかくこんなに綺麗なのにね」

「同感だ」

　ローザと同じことを言いながら、ため息までつき本気で残念がっている二人の兄を前に、アーシャは照れ笑いを浮かべる。

「でも、僕は早く切りたいです。手入れが大変だし、何より、兄様たちのような男らしい短い髪にずっと憧れていたので」

　その言葉を聞き、二人の兄は喜びに顔を輝かせた。

「そうか。アーシャなら、短い髪も似合うだろう」

「ありがとうございます」

　その時、耳に馴染《なじ》んだ女性の声が三人の元に届いた。

「廊下の真ん中で、何をやっているのですか？」

　三人同時に振り向いた先に立っていたのは、長女のメリルだった。

すかさずアドルフがメリルの前に進み出て、恭しく彼女のか細い手を取り会釈する。

「姉上、お久しぶりです。今日はワーズ公はご一緒ではないのですか？」

「体調を崩してしまったのです。会食に参加出来ないことを残念がっていました」

　メリルは、レースと宝石を散りばめた白に近い琥《こ》珀《はく》色の、華やかだが落ち着いた色味のドレスを着ている。ともすればドレスにばかり目がいきそうになるが、メリルの美貌が豪奢《ごうしゃ》な衣装を凌《しの》ぎ、絶妙なバランスで見事に着こなしていた。

　アーシャも久しぶりに顔を合わせる姉の前に笑顔で進み出て、女性に対する儀礼に倣《なら》いメリルの手を取り腰を折ってお辞儀をする。

「メリル姉様、お久しぶりです。姉様のお元気そうなお顔が見られて嬉《うれ》しいです」

「アーシャもお元気そうで良かったわ。今度、私の屋敷にも遊びにいらっしゃいね」

「はい、是非」

　メリルの誘いに、アーシャは即答した。

「さあ、そろそろお時間ではなくて？　お父様をお待たせしていたら申し訳ないわ」

　メリルの一言で、三人は会食の会場である広間へと歩き出した。

　ワーズ公不在のため、メリルのエスコートは長兄のアドルフが行う。二人の後ろに、イザーク、さらに一歩後ろをアーシャがついていく。

　広間の前には従者が二人立っており、四人が近づくと立ち止まらなくとも良いタイミングで扉を開いてくれた。大きく開け放たれた扉を抜け、室内へと進んでいく。

　彫刻の施された一枚板のテーブルには、人数分の銀食器が並べられており、国王である父・サロモンがすでに着席していた。

兄弟たちはそれぞれ父に挨拶をし、席に腰を下ろす。

テーブルの一番端に座した父を挟むように、アドルフとイザークが向かい合わせに、アーシャとメリルがその隣の席に腰かけた。

父の合図で会食が始まり、運ばれてくる料理を堪能しながら、兄弟たちで気兼ねのない会話を楽しむ。

主に話を進めているのは、アドルフとイザークだ。特にイザークは話好きな性格のため、場にいる者みんなに話を振ってくる。

父は日頃から口数が多い方ではなく、子供たちの話に耳を傾けながら黙々と食事をしていた。

国王として政務に携わっている父は、食事の時間を削ってまで働いているようだった。そのため親子といえど共に過ごす時間は限られており、幼い頃からアーシャにとって父は、甘えたくとも甘えられない存在だったのだ。

それでも、アーシャは父のことが好きだった。家族より政務を優先していても、それは国王という重職についているのだから当然のことだと思っている。

それに、父はマクベルダ王国を統治した歴代の国王の中でも、特に国民からの支持が高い。

それは、父がこの王都のみならず、国中の民のことを考えているからだ。

どんなに王宮から離れていようとも、何か問題が起きたと報告が上がってきて必要があると判断したなら、自らその地に出向く。そして実際にその目で状況を確認し、時にはそこで暮らす人々の話が聞きたいと、身分の上下を気にせず国民に話しかけているそうだ。

そうしたことから、父は国王として、マクベルダ王国の国民から絶大な信頼を得ていた。

王国と国民のために尽力する姿を子供の頃からずっと見ていたアーシャは、父を心から尊敬している。そしていつか自分も兄たちのように、父の助けになりたいと願っていた。

そのために、勉学にも真面目《まじめ》に取り組んでいる。だが、そんな思いとは裏腹に、周囲の人々はアーシャの将来に過剰な期待を抱いていないような気がしていた。

二人の兄はアーシャに甘く、喧嘩《けんか》はおろか、一度として叱られた記憶がない。

父も勉学や振る舞いについて意見してくることは稀《まれ》で、「お前の好きなようにしなさい」と言う。家臣たちも、アーシャの成長を温かく見守ってくれている。

おかげでアーシャは皇子でありながら、自由にのびのびと育つことが出来た。

特に小さい頃は王宮の中にいるよりも外にいる方が好きで、毎日のように庭園で作業する庭師について回り、興味のある草花の手入れの仕方などを教わって一日の大半を過ごした。

好きなことを存分にさせてもらえるというのは、一見、とても幸せなことなのだが、成長するに従って、わかってしまったのだ。

自分はそれ程期待されていないのだ、ということを。

アーシャの上には二人の兄がいる。

兄たちは優秀で、立派な人物だ。家臣たちからも慕われている。父も兄たちには期待しているからこそ、アーシャにはさせなかった政務についての勉学も幼少期より取り組ませていた。

つまりアーシャは、皇子として大切にはされているが、王族としてマクベルダ王国を支える立場としての働きは、期待されていないのだ。

アーシャはそのことに気づいた時、言いようのない虚《むな》しさを感じた。

けれど、国のため、国民のために力を尽くしたいという思いは他の兄たちと変わらず、最近では成人後に政務に携わるために、自ら望んで政の勉学に励んでいる。興味のなかった分野も、国を支える上で必要とあらば必死で頭に詰め込んでいた。

その決意を周りに気づいてほしいと思っているのだが、幼い頃に母を亡くした末子ということで、家族にはいつまでも幼子扱いされてしまう。

アーシャはメインの魚料理を食べ終え、口元を拭いながら、小さく嘆息した。

「アーシャ、食べながらでいいから、聞きなさい」

父に声をかけられ、驚いて手を止める。

父は静かな声音で、諭すように話し出した。

「もうすぐお前も成人だ。そうなれば、取り巻く環境も、周囲からの見方も変わってくることだろう」

「はい」

「けれど成人しても、お前が私の息子であることは変わらない。国王としては、アーシャにも皇子として国のために働いてほしいと思うが、父としてはお前らしい部分を大切にしていってほしいと思っている」

「僕らしい部分？」

父は一つ大きく頷いた。

「お前が近頃、勉学に力を入れていることは聞いている。王族として国のために働きたいというお前の気持ちを、私は嬉しく思っている。けれどその反面、父親としては、王族だからと型にはまった生き方をお前に強いたくないとも思っているのだ」

「父様……」

「お前は小さい頃から植物が好きで、毎日泥だらけになりながら、庭師について庭園の手入れをしていただろう？　その時の顔が一番輝いていた。私はその笑顔をずっと見ていたいと思って、これまではあえて政には関わらせないようにしていたのだ」

父の本心を初めて聞き、アーシャは驚きと共に目を見開いた。

ふと周りを見れば、兄たちも父の言葉に首を縦に振り、賛意を表している。

彼らの瞳は慈しむような色を湛《たた》えており、それを見て、アーシャは自分が誤解していたことを悟った。

父はアーシャの生き方を尊重してくれていたのだ。期待されていなかったわけではなかった。父はアーシャの幸せを願い、寛大な気持ちで思うままにさせてくれていた。

そしてそれは兄たちも同じ。末子だからと軽んじられていたわけではなかった。

そのことに気づいていなかったのは、自分だけだったようだ。

アーシャは己の思い過ごしで周囲の人の感情を決めつけていたことを反省し、そして自分の幼さを痛感して恥ずかしくなった。

「父様が僕のことをそんなに考えてくれていたなんて……」

「政務が忙しく、日頃はこんなふうにゆっくり話す時間がなかなか取れなかったからな」

そう言うと父は少し顔を曇らせた。そしてその場にいる四人の子供たちに順番に視線を向けながら、ゆっくりと口を開いた。

「私は国王になるという道を選択したが、それを後悔したことはない。けれど、お前たちには王家に生まれたからといって、王国のために働くことを強要はしたくなかった。成人を迎えた後に、アドルフとイザークにも身の振り方を本人に選ばせている。だからアーシャも、王族という立場にとらわれず、自分の好きな道を選びなさい。お前は神に愛された子。自由に生きる権利がある」

「はい……！」

父の瞳が優しく細められる。

「あまり親らしいことはしてやれなかったが、アーシャだけでなく、私はここにいる子供たち全員を愛している。困ったことがあったら頼りなさい」

父なりに四人の子供たちを愛してくれている。

父は威厳のある、優れた国王。

この人が父で本当に恵まれている、とアーシャは心から思った。

「僕も成人したあかつきには、父様の力になれるよう、励みたいと思ってます」

「頼もしい限りだ」

父が微笑む。

アドルフもイザークもメリルも、皆笑っている。

この中に母がいないことだけが残念だけれど、アーシャは彼らのことが大切で、大好きだった。

そして、尊敬する父がその生涯をかけて守っているマクベルダ王国も、アーシャにとってかけがえのない地。

たくさんの宝物を守るために働けることが、誇らしくなる。

アーシャは成人の儀が、とても待ち遠しくなったのだった。

＊＊＊＊＊

神・ウィシュロスの存在は、マクベルダ王国で暮らす国民ならば誰しも幼少期に教えられている。

ウィシュロスは王国が災害と疫病によって危機的状況に陥ってしまった時、リリスより地上に降りたち、荒れる天候を鎮め海を凪《な》がせ、病から人々を回復させたと伝えられていた。その時の様子が壁画や絵画、様々な文献にも残されている。

しかし近年は地上に降りたったという記録は残っておらず、実際にこの目で見たという者はいない。

だが、アーシャの曾《そう》祖父にあたる二代前の国王は、幼少時、悪天候が続き王国が飢饉《ききん》にみまわれた時に、天より降りてきた神を見たという。

神は言い伝えどおり美しい獅子の姿をしており、咆哮《ほうこう》を一つ上げた直後に長雨が止《や》み、厚い雲が割《さ》け、陽の光が大地に降り注いだそうだ。

アーシャは曾祖父に会ったことはなかったが、父からこの話を聞き、マクベルダ王国は真に神に守られた幸せな国なのだと思った。

けれどその長きにわたる平和が、神と人との間に交わされたある契約の上にあったということを、アーシャは知らなかった。

アーシャが全てを知ったのは、成人の儀を間近に控えた日のことだ。

「アーシャ様、アーシャ様！」

それは、突然の知らせだった。

成人の儀を一週間後に控えたアーシャが、式典用の衣装を試着していた時、大臣のウォルグが駆け込んできた。

六十歳をいくばくか過ぎたウォルグは、メリルが嫁いだワーズ家に次ぐ名家・ザイル家の当主で、王国の重臣でもあった。皇子であるアーシャにはわきまえた態度で接してくるが、気位が高く気むずかしそうな性格で、口調の端々に横柄さが覗いている。

加えてウォルグは権力欲が強いようで、ワーズ家に皇女だったメリルが嫁いでからというもの、以前にも増して第一王位継承者であるアドルフに擦り寄っている。大臣には年頃の娘が一人おり、王家と繋がりを持ちたいウォルグは、次期国王に娘を嫁がせたいようだった。

すでに婚約者がいるアドルフに娘を紹介し、事あるごとに二人を引き合わせようと画策している姿を見るにつけ、政治手腕どうこうより欲の深さが目につき、アーシャはいつしかウォルグを避けるようになっていた。

家臣や民には平等に接しなさい、と常日頃から教育を受けているが、やはりどうしても考えが合わない者もいる。そういう相手と出会った時は、不自然にならない程度に距離を置くようにしていた。

このウォルグもその一人で、彼からしても末子のアーシャにはあまり利用価値がないと見ているのか、普段は必要最低限の挨拶程度しかしてこない。

彼が部屋を訪れてきたこともこれまで一度もなかったというのに、いったい何事だろう。

アーシャの着替えが終わるまで控えの間で待つようにモルダが伝えたようだが、ウォルグはそれを無視して奥の寝室まで入ってきた。

扉を開け放ったウォルグを、モルダが止めようとしているのが目に入る。

「アーシャ様に、急ぎお伝えしたいことがございます」

「大臣、困ります。アーシャ様はまだお着替えがおすみでないのです」

「無礼な！　使用人ふぜいが、私に触るんじゃない！」

ウォルグを止めようと肩に触れたモルダが、突き飛ばされるように振り払われた。モルダの身が心配だったが、ウォルグの手前、アーシャは毅然《きぜん》と振る舞うしかなかった。

「モルダ、私はかまいません。大臣、私の従者が失礼いたしました。それで、急ぎの用とは何でしょう？」

アーシャは目配せをしてモルダとローザ、着替えを手伝ってくれていた侍女を下がらせる。

ウォルグは二人きりになると距離を詰めてきた。近くに来てわかったが、ずいぶんと顔色が悪い。

アーシャは胸騒ぎがした。

「先ほど、国王陛下がお倒れになられました」

「父様が!?」

アーシャの全身から血の気が引いていく。

「容態はどうなのですか!?」

「医師によると、重篤な状態であるとのことでございます」

ウォルグがそう告げた直後、アーシャはその場に崩れ落ちるように膝《ひざ》をついた。

「アーシャ様！　お気を確かに」

「父様が……、そんな……」

ウォルグの声に、続き部屋で控えていたモルダとローザが何事かと駆けつけた。床に座り込んでいるアーシャに気づくと、モルダが寝台まで抱えて運んでくれる。

「どうぞ、横になってください」

ローザにはそう言われたが、休んでいるわけにはいかない。

寝台の端に腰かけた状態で、アーシャはウォルグに質問を浴びせた。

「このことは、兄様たちもご存知なのですか？」

「兄上様たちにも、他の者から伝言がいっているはずです」

「父様にお会いすることは出来ますか？」

「すぐに医師に確認いたします。ですがその前に、私からアーシャ様にお願いがあって参りました」

こんな時に何を言い出すのだろう。父の詳しい病状が気になって仕方なかった。

そこでアーシャはふと、ウォルグが自分の元を真っ先に訪ねて来たことに、違和感を覚えた。

ウォルグの性格からして、自ら国王の急病を伝えにいくとしたら、第一王位継承者であるアドルフの元ではないか？　それをアーシャのところに来たということは、ウォルグの「お願い」と何か関係があるのだろうか……。

「……お願いとは？」

「これはアーシャ様にしか頼めないことなのです」

ウォルグのいつになく真剣な表情に、アーシャはゴクリと唾を飲み込む。

「聞きましょう。お話しください」

ウォルグはモルダが用意した椅子《いす》に腰を下ろすと、厳しい顔で話し出した。

「アーシャ様は、この王国が神・ウィシュロス様によって守られた地であることをご存知ですな？」

「はい。この大陸ははるか昔、唯一の神であるウィシュロス様が一から創《つく》り上げたと、そう教えられています。大陸だけでなく、この世に存在する全てのものを、無から創造したのですよね」

神は、これまで幾度となくこの国を危機から救ってくれている。その事実が子々孫々に語り継がれ、この国に生まれた者は、幼い頃より神に感謝するよう大人たちから言われて育つ。

各地にある教会も、神の偉大さと、神への感謝を忘れぬためにと建てられたものだ。

神が地上に姿を現すことは稀だが、常に存在を感じるようにと、教会は時間を管理し鐘を鳴らし、神官たちへの礼と神への感謝の気持ちとして、教会周辺に住まう者たちは折に触れ様々な寄付の品を送っているそうだ。

特に、初代マクベルダ王国の国王は、神に選ばれこの大陸を統治するようになったため、アーシャたち王族は皆、神の存在をとても重要視していた。

王宮の裏手にあるケプト山脈の頂上にある聖堂は、地上と神の国・リリスを繋ぐ聖地で、建国以来、千三百年もの間、月に一度、王家からの献上品を神へ捧げている。


「マクベルダ王国の建国にも、神はお力を貸してくださったと聞かされております。私も、今の王家があるのは神のお力添えがあってのものだと思っております」

アーシャの言葉に、ウォルグは何度も頷いた。

「そのとおりでございます。私も王家の方々のそのお気持ちを尊重して、三年ほど前より献上の品を揃《そろ》えるお役目を賜ったのでございます」

従来、聖堂への品は、全てリシェール大聖堂の神官が揃えて王の代理人として納めてきた。

けれど三年前より、献上品を調えるための金銭は国庫より捻出しているのだからと、ウォルグが役目を担うと申し出てきたのだ。

現在は、ウォルグによって揃えられた品を、リシェール大聖堂の神官が聖堂に運ぶようになっている。

長い間、全面的に任されてきた役目の一端を奪われた形になり、教会側から反発の意見もあった。そんな時、家臣の中に、しばらく地上に神が降りてきていないのだから毎月献上する必要はないのではないか、と言う者が出てきたことで教会側と揉《も》め、王宮側のウォルグに献上品の管理を任せることで、ようやく折り合いがついたという経緯があったのだ。

アーシャはまだ政務には携わっていないが、王宮で暮らしているとそういったことは耳に入ってくる。

個人的にはウォルグにあまりいい感情を持っていなかったが、この一件を聞き、神への献上の品が取りやめにならず、アーシャは王族として彼に感謝していた。

「本来なら私たち王族が全て取り仕切らなくてはならないところを、大臣にご尽力いただいて、ありがとうございます」

「いいえ、私は家臣として当然のことをしているまで。それにこのお役目についたことで、知り得たこともあったのです。私がアーシャ様にお伝えしたいと言ったお話も、そのことなのです」

「それはどのようなことなのですか？」

ウォルグはそこで一度言葉を区切り、居住まいを正した。

「神はとても優れた方です。王国を何度も救ってくださっている。けれど、恐れながら、毎月高価な献上品を所望したりと、いささか欲の深い神とも思えます」

「大臣、神への不敬にあたりますよ」

突然、ウォルグの口から神への批判めいた発言が飛び出し、アーシャは語気を強める。

しかしウォルグは怯《ひる》まず、「最後までお聞きください」と硬い口調でピシリと制してきた。

「もしウィシュロス様が欲深い神だとしたら、不思議ではありませんか？　これまで何度も王国を救ってくださったことが。毎月の供物の他にも、助けた見返りを求められるはずではないでしょうか？」

「そんなこと……考えたこともありません」

そもそも、神を強欲だなどと思ったことがないのだ。献上品も、王家の感謝の気持ちとして贈っていると考えていたのだから。神から請われたものだとは思っていなかった。

「アーシャ様、お考えください。神は無償で我々をお救いくださることはない。なら、月々の献上の品以外に、いったいどんな対価を王家は払ってきたのでしょうか？」

アーシャは突然の問いに、困惑して頭を左右に振った。

ウォルグは一つ嘆息すると、答えをくれた。

「私も献上品の古い目録を確認している時に、偶然発見したのですが……。王家は、神へ花嫁を差し出していたようでございます」

「花嫁!?」

「はい。王家と神との間に交わされた契約だそうです。この国に平和をもたらす代わりに、王家より神に花嫁を差し出すと……。それがこの国が神に守られる対価なのでございます」

「神の……花嫁……」

突然の話に、アーシャは驚きのあまり言葉を失う。

神とそんな約束をしていたとは、これまで聞いたことがなかった。

それに、実際に神の花嫁になった者がいたということも、聞いていない。

突としてウォルグの口から王族ですら知らなかった神との契約の話をされても、アーシャは戸惑うばかりだった。

「驚かれるのも無理はありません。私が見つけた記録によりますと、千三百年の間に花嫁はわずか三人しかいらっしゃらなかったようです。一人目は初代国王の娘、二人目は三代目の国王の孫、三人目は八代目の国王の姪《めい》だったそうです。最後の花嫁が差し出されてから、実に九百年近くが経《た》っております。それ以降は、花嫁たる印を持つ者が現れておらず、花嫁の儀もいつしか人々の記憶から薄れていったのでございましょう」

それほど昔のことだったのなら、知る者はわずかだろう。神に仕える神官たちなら知っているかもしれないが、国民の間ではすでに忘れ去られていてもおかしくない。アーシャ自身、王族であるにもかかわらず、花嫁の儀が執り行われていたということすら知らなかったのだから。

そこで、アーシャはある疑問を抱いた。

「花嫁の儀なるものが行われていたことはわかりました。ですが、なぜ今、それを私に？　それに、花嫁の印とは？」

「王族であれば、誰しも花嫁になれるわけではないようなのです。身体のどこかしらに、神が最初に創造したとされる蝶の形をした痣があること、それが花嫁の条件なのでございます」

「蝶の痣……！」

アーシャは咄嗟《とっさ》に自身の左頬を手で押さえた。

ウォルグはその様子から、アーシャが全てを理解したと悟ったようだ。アーシャの思っていることを代弁するように、抑揚の少ない声で淡々と説明を続ける。

「左様でございます。アーシャ様の頬に浮かび上がる痣こそ、神の花嫁となる印なのです」

「私が……神の花嫁？　……ですが、私は男子です。

いくら花嫁の印である痣があろうと、男の私では花嫁には不適格なのではないですか？」

「いいえ。神の印があることが最も重要なのです。これまではたまたま女性ばかりでしたが、神の伴侶です。性別は問わないでしょう」

　アーシャはウォルグから初めて聞かされた話に、激しく動揺していた。頬を押さえたまま、彼の話に信じられない気持ちで耳を傾ける。

「アーシャ様は、痣のことを国王から『神に愛された証』だと言われていたのではありませんか？　私たち家臣は、国王にアーシャ様の痣のことには触れぬように、と強く言われておりました。これまでは、アーシャ様が痣を気に病むことを恐れてのお言葉かと思っておりましたが、もしや国王は花嫁の儀についてご存知で、けれどアーシャ様を神に差し出さずにすむようにとお考えだったのではないでしょうか」

　ウォルグの言葉で、アーシャは長年の疑問が解けた気がした。

　普段は物静かな父が、痣のことには過敏になり、人目に触れないようにと強く自分に言い聞かせてきた。なぜ神から愛されている証を隠さなくてはいけないのかと不思議だったが、その言動の裏に、ウォルグの言う花嫁の儀があったとしたら、幸運の証とされる痣を隠すよう繰り返し言われたことも頷ける。

「父は、神との約束を反故《ほご》にしようとしていたと？」

「そうではないかと私は思っております」

「でも、神との約束を一方的に破るなど、そんな大それたことを国王である父がするとは思えません」

「アーシャ様はまだ成人前。ご自分のお子がお生まれになったらわかるやもしれませんが、親にとって子供はかけがえのないものなのでございます。国王も父親、我が子を神に捧げることに、抵抗があったのでございましょう」

ウォルグの言葉を聞き、複雑な気持ちにかられる。

国王として日々政務に忙しい父。それを寂しいと感じたこともあるけれど、国王として王国のために身を粉《こ》にして働いている父を尊敬していた。

そんな父が、自分のために神との契約を破ろうとしたのでは、と聞き、不謹慎にも嬉しいと思ってしまった。気軽に甘えることすら出来なかった父の愛情を感じられた気がしたからだ。

けれど、やはりこの王国を守る立場にある王族の一人として、神との契約は無視出来ない。

ウォルグの話が真実だとするならば、対価を払わなかった国を、神は今後守ってくれなくなるかもしれない。

でも、突然神の花嫁になる立場と言われても、アーシャもすぐには気持ちを切り替えられなかった。

——僕は、どうしたら……。

アーシャはしばし考えた末、ウォルグに告げた。

「急なことで、私も混乱してます。少し考える時間をいただけませんか？　それに、この話は父の容態が落ち着いてからに……」

ウォルグの言葉が本当に正しいのか、花嫁の儀とはどういうものなのか、自分でも調べてみようと思った。それに兄たちにも相談し意見を聞きたかった。

けれど、ウォルグは沈鬱《ちんうつ》な表情でこう言った。

「わかりました。ですが、あまり時間はありません。私は、此度《こたび》の国王の急病も、神の天罰ではないかと考えているのです」

「天罰!?」

「神は九百年もの間、次の花嫁を待っているのです。そしてようやく印を持った者が生まれた。けれど、国王はその者を差し出さないつもりだということを、神に悟られたのではないでしょうか。そのため、国王に天罰を下されたのでは、と私は思うのです」

アーシャはウォルグの話に、目の前が真っ暗になっていくような錯覚に陥る。

――父様のご病気は、僕のせい？

アーシャの顔は血色を失い、青白くなっていく。

ウォルグは愕然《がくぜん》としているアーシャに、さらに追い打ちをかけるように告げてきた。

「国王は、このままではあと一月ほどのお命だそうです。私は花嫁の儀を執り行うことで、国王の病状が回復するのでは、と思っております」

あまりに短い余命を聞き、アーシャは再び倒れそうになる。傾《かし》いだ身体を支えるため、寝台に手をつく。

「父様が……そんな……」

アーシャが悲壮な声を漏《も》らすと、ウォルグがその場に膝をつき、ひれ伏した。

「国王を救うためには、花嫁の儀を執り行うしかないのです。アーシャ様、どうかご英断を」

するとそこで、それまで黙って聞いていたローザが、ウォルグの言葉に異論を唱えた。

「アーシャ様に、神様の花嫁になれというのですか？」

モルダがローザを窘《たしな》めるも、ローザは止まらなかった。

「花嫁といっても、神様は獅子のお姿をされているのでしょう？　そんな方の花嫁にだなんて……」

「侍女が意見を申す場ではない。下がりなさい」

でも……、とアーシャを見て心配そうな表情を浮かべていたローザだったが、ウォルグに再度強い口調で退室するよう言われ、モルダに付き添われて隣室に下がった。

ウォルグは二人きりになると、改めて花嫁の儀について説明してきた。

「代々、花嫁は成人を迎えるその日に、神へ嫁ぐことになっております。アーシャ様はあと七日で成人。その日に儀式を行うことになります」

「七日後……」

アーシャは身につけている衣装に視線を落とす。

それは本来なら成人の儀が執り行われる日。アーシャは膝下まである正装用の上衣を身にまとい、参列者の前で腰まで伸びた髪を切ることになっていた。

今、着ているのは成人の儀で着用するはずだった衣装。成人前は腰丈の上衣しか着用出来ず、成人の儀で初めてこの上衣が着られるのだ。

アーシャは自分のために誂えてもらった、王族の正装着である漆黒色の上衣の袖を、無意識に撫でた。

——花嫁となることを承諾したら、もうこの衣装を着られないのか……。

成人する日を、ずっと心待ちにしていた。

成人すれば、父や兄の力になれると思ったからだ。政務に携わり、微力ながらも、マクベルダ王国のために働こうと思っていた。

けれど、それらは全て叶《かな》わぬ夢となってしまう。

——だけど……。

アーシャは俯《うつむ》けていた顔を上げ、ウォルグにはっきりとした口調で告げた。

「承知しました。国王のため、花嫁となりましょう。王国のためにこの身が役に立つのなら、本望です」

ウォルグはアーシャの返答をとても喜び、そして称賛した。

さっそく神との婚礼の準備に取りかかるというウォルグを見送り、アーシャは力ない足取りで姿見の前に移動する。

出来ることなら、この姿を父に見せたかった。

けれど、今は自分のそんな私情にとらわれている場合ではない。

マクベルダ王国の未来を第一に考え、行動しなくては……。

それが、第三皇子としてこの世に生を受けた者の責任なのだから。

＊＊＊＊＊

神の花嫁となる日。

アーシャはその日、十八歳となり、成人を迎えた。

習わしどおり日の出と共に起床し、事前に用意されていた、ケプト山脈の聖堂近くに湧《わ》いている泉の水で身を清め、そして成人した証として、腰まであった髪をばっさりと切り揃えられた。

アーシャは花嫁の衣装である、白地に繊細な刺繍が施された、足首まであるシフォンの長衣を身にまとう。この長衣は、普段着ている男性用の服とは違い、脚衣ではなく、女性のような長いスカートだった。袖は長く手首の部分を絞ってあるが、肩から肘の辺りまでは切れ目が入れられており、肌が露出するようになっていた。

その緩やかな長衣の上から、金糸が織り込まれた布をベルトのように腰に巻き付け、最後に頭から絹糸を編んで作られた軽いケープをかけられた。

履物は用意されず、かといって素足では王国一高い山の頂上まで登ることは出来ないため、王宮前には御輿《みこし》が用意されている。

花嫁の儀については、マクベルダ王国内の教会を束ねる、リシェール大聖堂の神官たちが中心になって進められることになっていた。

アーシャが神の花嫁となることを承諾した翌日、大聖堂の総主官であるサイノスと面会することになった。

最後に花嫁の儀が行われたのは九百年も昔のことだったが、儀式の流れについては来るべき日のために、大聖堂内の一部の神官の間で伝承されていたようだ。

けれどアーシャに花嫁の印があることは教会の人間には伏せられていたらしく、実際に頬に浮かび上がる痣をその目で見たサイノスは、半ば故事になっている神の花嫁が実在することに驚いていた。

アーシャはサイノスから儀式についての説明を受け、神との契約は確かに存在しているのだということを実感したのだった。


自室の控えの間で身支度を整えたアーシャは、姿見に映る自身の姿を見て、小さく息を吐く。

支度を手伝っていたローザにそれが聞こえたらしく、彼女は目元を覆い背中を震わせた。

声もなく涙する侍女の姿に、アーシャはやりきれない気持ちになる。

「ローザ、泣かないで」

「泣いてませんっ」

「そう？　ならいいけど。最後は、笑顔で送り出してほしいと思っただけだから」

「アーシャ様……っ」

今にも泣き崩れそうなローザを見かねて、モルダが部屋から連れ出していく。

一人になった部屋に、アーシャの呟きが小さく響いた。

「花嫁か……」

サイノスと面会した後、アーシャは王宮内の書庫に籠《こ》もり、昔の文献を調べた。

ウォルグが発見した文献以外に、なかなか花嫁の儀について書かれた書物は見あたらず、ようやく書庫の奥で製本が崩れそうなほど古い本を見つけ、そこに三人目の花嫁の儀の様子が書き残されているのを発見した。

長い年月が経っているため、字も薄くなったり滲んだりしていて読めない部分もあったが、ウォルグとサイノスから聞いたとおり、王家の血筋から痣を持つ者が生まれ、その者が成人するその日にケプト山脈の聖堂に連れていったと書かれていた。

その文献には、当日の様子は書かれていたものの、神・ウィシュロスが住まうリリスに行った後、花嫁がどうなったかまでは記されていなかった。

ただ、数年後に追記されただろう一文を、アーシャは何度も何度も読み返した。

『神に捧げられし花嫁の姿を、その後、地上で見ることはなかった』

つまり、花嫁が聖堂に入ってから後のことは不明ということだ。

確かなのは、二度と地上に戻れなかったということだけ。

神の花嫁として、天上の国でその生涯を全うしていればいい。

けれど、神は大きな獅子の姿をしているとされている。曾祖父もその目で見たというのだから、間違いないだろう。

獣に人間の花嫁とは、どういうことなのか……。

そこまで考え、アーシャはある仮定を思いついてしまった。

花嫁というのは、大義名分なのではないだろうか。

本当は花嫁などではなく、単に神の腹を満たす供物だとしたら……。

獣の前に差し出された花嫁の末路を考えてしまい、一気に背筋が寒くなった。

アーシャはそこでもう、花嫁の儀について調べることを止めた。

花嫁だろうと生け贄《いにえ》だろうと、アーシャは神への捧げものになる他ない。

それなら、余計な知識をつけて恐れを抱くよりは、父の力になれるのだということのみを考えるようにしよう。

思考を閉ざし、アーシャは今日という日を迎えたのだった。

花嫁の衣装を身につけた姿見の中の自分を見るとはなしに見ていると、扉が控えめにノックされた。

我に返ったアーシャが返事をすると、モルダが来客を告げてくる。二人の兄と姉が最後に挨拶がしたいと外に来ていると聞き、すぐに入ってもらうようにと返答した。

扉が開き、まずメリルが室内に入ってきた。アーシャと目が合うと唇を戦慄《わなな》かせ、泣いてしまうのではないかと思うほど顔を歪《ゆが》めた。けれど気丈な姉は自身の感情を押し込め、綺麗な笑顔を作り祝いの言葉を贈ってくれる。

「アーシャ、成人おめでとう」

「ありがとうございます」

メリルに続いて、アドルフとイザークも姿を現す。

「アーシャは本当に何を着ても似合うな」

「ああ。それに、髪を切ったらさらに愛らしくなった。さすが我が弟だ」

皆、いつもと同じようなことを口にしているが、その実、瞳が笑っていない。

感情を無理矢理押し込めて、神の元へ行くアーシャが不安にならないように、笑顔で送り出してくれようとしているのだ。

その気持ちをくみ取り、アーシャも普段のように、過分な褒め言葉に困ったように笑ってみせた。すると不思議なことに、先ほどまでの沈んだ気持ちがやや薄らいでいく。

「僕のために集まってくださって、ありがとうございます。最後に姉様と兄様にお会い出来て良かった」

「アーシャ、最後だなどと……！」

イザークがアーシャの言葉を聞き終わるのとほぼ同時に、抱きしめてきた。一拍遅れて、アドルフにも抱きしめられる。

「すまない、アーシャ」

低く呟かれたアドルフの謝罪。

それが抱きしめたことに対してでないことは、すぐにわかった。

アドルフの心中を察し、アーシャの顔から笑みが消える。

次期国王として、父が倒れた今、アドルフは国王の代理を務めている。まだ二十二歳の若者には、荷が重い役割だ。けれどアドルフは弱音など一つもこぼさずに、父が回復し政務に復帰する日を信じ、王国のために忙しく働いている。

そしてそんなアドルフを、イザークも全力で支えていた。

二人の兄たちは、アーシャの自慢だった。

父と同じくらい尊敬している。

大好きな兄。

いつも末子であるアーシャのことを気にかけ、優しくしてくれた。

だからこそ、ウォルグの報告を受け、最終的にアーシャを神へ差し出さなければならなくなった今の状況を、誰よりも心苦しく思っているのだろう。

父のことを、ひいては王国の運命を、末子のアーシャ一人に背負わせていることを。

優しい兄の気持ちが、痛いほど伝わってきた。

兄たちの肩越しに見たメリルも、皆に気づかれぬように袖口で涙をしきりに拭っている。

皆が自分のことを心配してくれている。

アーシャは父の元に生まれて本当に良かった、と改めて思った。

メリルとアドルフとイザークの弟で良かった。

神の花嫁となる印が、自分にあって良かった。

王国のために、自分でも役に立てるから。

大切な人を、守れる。

「失礼いたします。……アーシャ様、お時間でございます」

音もなく扉が開き、サイノスが顔を覗かせた。

そろそろ御輿に乗らなくてはならないようだ。

アーシャはまだ離れがたく、しがみついている二人の兄を宥《なだ》める。ようやく解放されたものの、抱きしめられたことで衣装が乱れてしまっていた。メリルがそっと近づいてきて、それらを丁寧に直してくれる。

「いつの間にか、私より大きくなっていたのね」

メリルはそう呟くと、一歩後ろへ下がった。

寂しそうな響きを含む呟きに返す言葉が見つからず、少しでも彼らの不安を取り除ければと渾身《こんしん》の笑顔を作った。

「それでは、いってまいります。父様と、マクベルダ王国をよろしくお願いいたします」

アドルフは一瞬言葉に詰まったものの、「任せなさい」と頼もしい笑みを返してくれた。

アーシャは三人に見送られ、自室を後にする。

部屋の外にはモルダとローザの姿もあって、二人にも笑顔で別れを告げた。

サイノスの後をついて歩きながら、アーシャは目の奥からこみ上げてくる熱いものをグッと堪《こら》える。下を向いていると、それがうっかりこぼれてしまいそうで、意識して面を上げ前を見て歩いた。

王宮前に用意されていた、小さな御輿。

アーシャがその御輿に乗ると、従者がそれを担ぎ、神の国であるリリスへと繋がる聖堂を目指して出立した。

聖堂に着くまで、アーシャがすることはない。狭く窓のない暗い御輿の中、到着を待つのみだ。

アーシャは右に左にと揺られながら、ゆっくりと瞬きを繰り返す。

目を閉じていても開けていても、景色は同じ、暗闇の中。

なるべく何も考えないようにして、御輿の動きに身を委ねる。

そうしてだいぶ時間が経過したところで御輿が止まり、地面へと降ろされる感覚があった。

御輿の出入り口である小さな引き戸が開かれ、外に出るように言われる。

アーシャが数時間ぶりに地面に足をついた時には、すでに太陽は山の向こうに隠れていた。

十人ほどの従者は各々手に松明《たいまつ》を持っており、アーシャは居場所を確かめるように辺りを見回す。

自分たち以外に人の気配を感じない山の中、少し先に小さな石造りの建物が見えた。どうやらそれが聖堂らしい。

今よりずっと幼い頃、一度だけ父に連れられてここに来たことがあったが、記憶にあるものよりも実物はずっと小さく、見たところアーシャの寝室程度の大きさしかないようだった。外観も、石を積み上げて作ってあるため頑丈そうだが、王宮のように金《きん》箔《ぱく》を貼られたり、色とりどりの鉱石も埋め込まれておらず、神の国と繋がる聖堂にしては、いささか質素な印象を受ける。

アーシャがしげしげと観察していると、儀式を取り仕切っているサイノスが、扉を開けるように従者に命じた。扉は二人がかりで開けられ、アーシャはその前に立たされる。中にはどこまでも続く闇の世界が広がっていた。

聖堂の大きさからして、奥行きはそれほどないはずだが、中に入れば一歩先も見えないだろう。壁に当たるまでどれほど距離があるかもわからなかった。

供の従者たちとはここで別れるらしくサイノスに

「今朝、儀式を行う合図の狼煙《のろし》を上げました。じきに迎えが来るでしょう。ここから二十歩進んだところでひざまずき、お待ちください」と言われ、中へと促される。

アーシャはここまでついてきてくれた従者たちに、最後に深々と頭を下げて礼を言ってから、サイノスの言葉に従い、聖堂の中へと足を踏み入れた。

すぐに扉は閉じられ、全くの暗闇となる。

自分がどの方向に進むべきかわからなくなりそうになったが、深呼吸をして気持ちを落ち着けると、

「一歩、二歩……」と口に出して奥へと進んでいく。

そうして言われたとおり、二十歩進んだところで歩みを止めた。

アーシャはその場に膝をつく。

硬く冷たい感触。

そういえば、床も大きめの石を敷き詰めて作られていた。

少し膝が痛んだが、アーシャは体勢を変えることなく、両手を組み合わせ祈り始める。

——どうか、父様の病が良くなりますように。王国に変わらぬ恵みを。民に末永い平穏を。自分の身と引き替えに、どうか、どうか……、とアーシャは一心に祈る。

聖堂には窓がなく、月明かり一つ差さない。分厚い石の壁に遮られ、外の虫の鳴き声も届かない。季節は夏だが、山の上にあるからか、暑くも寒くもなかった。

あるのは、静寂と深い闇。

目の前に何があるのかもわからない。

神の国へと繋がる神聖な場所だと知っているが、時間が経つにつれて、自分の存在が闇に溶けて消えてしまいそうな感覚に陥った。

アーシャは自分を保つため、さらには自らに課せられた役割を忘れぬため、ひたすら祈りを捧げながら、その時を待った。

……いったい、どのくらい時が流れた頃だろうか。目を瞑《つぶ》っていたアーシャは、突然、強い光を感じ、反射的に目を開いた。

——何？　この光……？

手を眼前にかざし、目を細める。

目の前には大きな扉があり、それが外側へとゆっくり開いていく。開いた隙間《すきま》から、さらに強い光が差し込んできていた。

アーシャは扉を見つめていたが、すぐにその強すぎる光に耐えきれなくなり、顔を伏せる。

これから何が起こるのか、扉の向こうがどうなっているのか見当もつかず、不安がこみ上げてくる。

やがて開ききったであろう扉から、二つの足音が聞こえてきた。

俯いたアーシャの前に、ブーツを履いた大きな足が並ぶ。

緊張と不安が頂点に達し、心臓がこれ以上ないくらいに早鐘を打つ。

「貴様が此度の花嫁か？」

男性にしては高めの声。

アーシャは震える両手を床につき、平伏した。

「はい。アーシャと申します」

「我らについて来い」

そう告げると、ブーツを履いた二人分の足が踵《きびす》を返し、扉へと向かっていく。

アーシャは頭にかけているケープを顔の前に垂らした。そうすると少し光が和らぎ、ケープはこのために用意されているのではないかと思った。

それでも光を完全に遮断することは出来ず、眩《まぶ》しさに俯きながら二人の後をついていく。


「この階段を上るんだ」

聖堂を出てすぐ、光の根元である階段の前に立った。

一瞬だけ顔を上げ、階段がどこまで続いているのか確かめようとしたが、はるか彼方《かなた》、雲の上まで続いているように見えた。眩しさからすぐに顔を伏せると、アーシャを連れに来た使者たちが先に上り始める。

アーシャも目を細めながら、階段を上る。一段一段上っていくうちに、あることに気がついた。

光る階段は、アーシャが上り終わり足を浮かせると、次の瞬間にはフッと消えてしまう。消えた階段の下には、地上の景色が見えた。

まだそれほど上っていないから、もし落下してしまっても怪我《けが》をする程度ですみそうだが、このまま上り続けて雲の近くで誤って足を滑らせたら命はないだろう。想像して身震いしてしまう。

「おい、どうした。早くしろ」

「……すみません」

足を止めたアーシャに気づいた使者が、声をかけてきた。

どうして上った端から、階段が消えてしまうのか……それはきっと、花嫁が途中で逃げ出さないようにだろう。

そのことに気づき、少し足取りが重くなってしまった。

ゆっくりゆっくり、落ちないように慎重に上っていく。

かなりの段数を上り、足も疲労を訴えてきた。さらに歩みが遅くなってしまい、その速度に焦《じ》れたのか、使者の一人が陶器製の細長い筒を差し出してきた。

「これを一口飲め」

「これは何ですか？」

「リリスに湧き出ている水だ。人が飲めば体力が回復する」

そんな便利な水がリリスには存在しているのか。

アーシャは半信半疑ながらも、言われたとおり一口水を飲む。

味は王宮で口にするものと変わらない。けれど、一口しか飲んでいないというのに、先ほどまで感じていた疲労感がスッと消えていった。それどころか、いつもより身体が軽くなったような気がする。

これを王宮に届けられれば、父の容態も持ち直すのでは……、とふと考えた。

使者はアーシャが飲んだのを確認すると筒を回収する。

「疲れたらまた飲ませてやる。夜が明けぬうちに上りきるぞ。この階段は月の光で出来ているからな。朝になったら消えてしまう」

急かされた理由が判明し、アーシャはとりあえず朝までに上りきらないと、と歩調を速める。

それでもやはり、人間の足で雲の上まで延びている階段を上るのは大変だった。

途中、何度も小休止を挟み、そのたびに水を一口飲まされ、雲を抜けたところでようやく神の国・リリスへ繋がる扉の前に到着した。

「今回もなんとか間に合ったな」

「ああ。ウィシュロス様がお待ちだ。早く連れていこう」

アーシャは最後にもう一口水を飲まされ、光を放つ扉の前に立たされた。

聖堂で感じたよりも、強い光。

アーシャは眩しさに両目を瞑ってしまった。

使者によって扉は開かれたようで、聖堂の中にいた時とは反対に、扉が開くにつれ光が弱くなっていく。

「さあ、入れ」

使者の声に、恐る恐る目を開ける。

天上の国、神の国、と呼ばれる場所。

これまで三人の花嫁たちがここに連れて来られたが、誰一人として帰っては来ず、そのため、リリスがどういう場所なのかは誰も知らなかった。

いったいどんな世界なのだろう。

アーシャは不安の入り交じった緊張した面もちで、扉の中へと足を踏み入れた。

「わぁ……」

リリスを初めてこの目で見て、思わず感嘆の声が漏れる。

そこには、地上では知り得ない幻想的な世界が広がっていた。

光を放つ扉の向こうにあったのは、鮮やかな羽を持つ蝶が飛び交う、色とりどりの草花で埋め尽くされた花園。

反射的に深呼吸をして空気を吸い込むと、花の香りが鼻腔《びこう》をくすぐる。

遠くで鳥の声も聞こえる。風に乗って、木々がざわめく音も……。

目の前に広がる美しい光景に、全身から強ばりが解けていく。

「綺麗……」

アーシャはそれまでの緊張も忘れ、手近にあった花に手を伸ばす。

王宮の庭園でも見たことのない花。小振りで、花がランプのような形をしている。触れるとリンと音がして、それにも驚いてしまう。

「花が鳴った……！」

その涼やかな音が耳に心地良く、飽きもせずに花を揺らしていると、後ろから使者の呆《あき》れたような声が聞こえてきた。

「……今度の花嫁は、ずいぶんと神経が太い人間のようだな」

「ああ。来てすぐにリリスのものに触ったのは、この者が初めてだ」

その言葉に、アーシャはハッとして手を引っ込め、使者たちを振り返った。

「触ってはいけなかったので………」

質問が不自然なところで途切れてしまったのは、使者たちの姿に驚いたからだ。

ここに来るまでは眩しさのため、彼らの顔を確かめることは出来なかった。けれど、服装や言葉から、人間の男性だと思っていた。

だが、振り向いた先に立っていたのは、アーシャよりも背の高い、大きな猿。猿が人のように服を着て、人の言葉を話している。

アーシャは驚愕のため、言葉を失ってしまった。

使者もそれに気がついたようだ。けれど反応はそれぞれ違う。

一方は「ふん、我たちの姿に今更気づいたのか」と不機嫌そうに言い、もう一方は「その反応、愉快愉快」と朗らかに笑う。

「暢気《のんき》だな、貴様は」

「そうか？　貴様が神経質すぎるのだろう」

使者たちはうり二つの見た目の上、気心が知れているようだ。

しばらくやり取りした後、彼らは同時にアーシャに視線を向ける。

「我たちはこのリリスの門番。これより、貴様をこの世界の神であるウィシュロス様の元へ連れて行く」

アーシャはようやく我に返り、「よろしくお願いします」と頭を下げる。

その反応がおかしかったのか、「面白い人間だ」とまた片方の猿に笑われた。

アーシャは彼らに案内され、花園を抜け、大振りの果実をつけた木々の間にある小道を歩いていく。

リリスは夏を迎えた地上と、少し気候が違うようだ。真夏のように蒸し暑いということはなく、暖かな春の日を彷彿《ほうふつ》とさせるような気温だった。

時折、穏やかな風が頬を撫で、それに乗って熟れた果実の芳醇《ほうじゅん》な香りも運ばれてくる。

木々の葉の隙間からは陽光が差し込み、見上げた先にある太陽は地上で見るそれよりも近くに感じた。

花園を見た時も思ったが、ここは地上よりも草木が生き生きとしている。

アーシャは初めて見る美しい景色に見入られ、辺りをキョロキョロ見回しながら歩く。

「幼児のようだな、貴様は。ウィシュロス様をこれ以上待たせられん。さっさと歩かぬか！」

「も、申し訳ありませんっ」

使者に怒鳴られ、慌てて歩調を速める。

アーシャの表情が強ばっていることを見咎《みとが》め、よく笑う猿の方が見かねたように話しかけてきた。

「ダラムはせっかちで少々口うるさいのだ。あやつの言うことは気にしなくてよいぞ。どれ、我が道すがら、少々リリスのことを教えてやろう」

「あ、ありがとうございます……！」

こちらの猿はアーシャに対し、好意的なようだ。

彼はディールと名乗り、言葉どおりにリリスの説明を始めた。

この地は、神・ウィシュロスが自らの住処《すみか》として創ったという。広さはマクベルダ王国でいうところの、およそ村三つ分ほど。先ほど通った、花々が咲き乱れていたところが南の花園と呼ばれている一画で、これから行く東には平原、西には湖、北には高い山があり神の寝所もそこにあるという。

気候は一年中変わらず温暖で、時折、ウィシュロスが意図的に恵みの雨を降らせているそうだ。

リリスに住む生物は、地上で寿命を終えた後にウィシュロスに召された者と、ここで生まれた者がいるそうで、前者は不老不死、後者は長寿だがいずれは寿命が尽きるという。

ちなみに、ディールたちは元々地上で生まれ、死後リリスの住民になったと教えられた。

「みんな、ディール様たちのように、人の言葉を話すのですか？」

ディールが親切なものだから、思い切って質問してみた。嫌な顔もせずディールは答えてくれる。

「それはまちまちだ。話せる者もいれば、話せない者もいる。だが、人間とは違い、我らは言葉が全てではない。この地で長く共に暮らしている者同士、言葉以外の部分で意志疎通がはかれる」

アーシャはディールの話に、興味深く耳を傾けた。

ここに来るまではやはりいくばくかの不安を抱えていたが、こうしてここに住む者の話を聞くと、恐ろしい場所ではないと実感出来て安心する。

「ご親切にありがとうございます。これから、よろしくお願いします」

アーシャが改めてそう言うと、ディールはキョトンとした顔をした後、大笑いした。

「猿を相手にそんな丁寧な挨拶をしてきたのは、貴様が初めてだ。我は貴様が気に入ったぞ」

貴様はどうだ、と片割れのダラムにディールが声をかけたが、ダラムの反応はいまいちだった。

「おしゃべりしてないで、早く歩け！」

ダラムはさっさと先に歩いていってしまう。

ディールは身を屈めると、アーシャの耳元で「あれとは同じ親から生まれたが、外見はそっくりでも性格が真逆なんだ。だが、悪いやつではないからな」とこっそり教えてくれた。

ディールとダラムを見ていると、昨日、王宮を出る前に別れを告げた二人の兄と姉のことが思い出された。彼らはアーシャの身をひたすら案じていた。優しい兄弟だった。

リリスはとても美しいところで、ディールとも仲良くなれるように思う。けれど、アーシャはすでに地上での生活が恋しくなってきていた。

「さて、着いたぞ。ここが東の草原だ」

ダラムの声に辺りを見回すと、そこは足首程度の背丈の草が密集している、広い空間だった。

草原の真ん中辺りに一本の大木が伸びており、その下に馬が五頭ほど集まっている。

真っ白な毛並みで、たてがみと尻尾が動きに合わせ、サラサラと揺れている。とても美しく立派な馬だった。

「あれ？　でも、あれは何だろう？」

大木まではやや距離がある。

周辺にいる馬をさらによく観察すると、彼らの額には一本の大きな角が生えていた。

――馬じゃない！

よく似ているが、初めて見る生き物だった。

「あれはユニコーンだ。ここにしか生息していない」

「ユニコーン……。とても綺麗です」

出来ればもっと近くで見てみたい。許されるなら、その艶やかな毛並みに触れてみたかった。


けれど、ディールが言うには、ユニコーンはとても警戒心が強いらしい。

現にダラムが近づく気配を察知すると、一目散に遠くへ駆けていってしまった。

アーシャは少しがっかりしながら、ダラムの後に続く。

アーシャたち三人は真っ直《ま》ぐ《す》大木を目指していく。大きな体軀のダラムに隠れてよく見えなかったが、大木の下に誰か座っているようだった。

ダラムはその人物の近くまで行くと、唐突に片膝をつき頭を下げた。同様にディールもそれに倣う。

アーシャも慌てて膝を折り、手をついた。

「ああ、ご苦労だったな」

大木の根本に腰かけている人物が、こちらに向かってそう声をかけてきた。

膝をつく前に一瞬だけ見た時に、肩まである銀色の髪が見えたから女性かと思ったが、声は深みのある低音だった。

「地上より花嫁を連れて参りました。どうぞ、お確かめください」

「うむ」

ダラムがそう言うと、男が立ち上がりこちらに近づいてくる気配がした。

アーシャの目に、白い衣の裾と、足首と甲を紐《ひも》で留《と》めた履物を履いた、骨ばった素足が映り込む。

どうやら人のようだが、彼が誰かアーシャにはわからなかった。けれど、ダラムやディールの態度から、おそらく身分の高い人なのだろうと推測する。

アーシャがひれ伏していると、手が伸びてきて顎《あご》を捕らえられる。え、と思う間に顔を上向かされた。

——綺麗な人……。

真っ直ぐな銀色の髪。同じ色の睫毛《まつげ》に縁取られた瞳は、まるで猫のような翡翠《ひすい》色を帯びた金色。通った鼻筋に、薄めの形のいい唇。

骨格から男性だとわかったが、どこを取ってもその造形は完璧と言う他にないほど、美しく整っていた。

——ん？　これは？

アーシャは男性の頭にある肉厚な獣の耳のようなものの存在に気がついた。髪飾りにしては変わった形をしている。

それに、先ほどから男性の背に、チラチラと毛むくじゃらの蛇のようなものが見え隠れしている。

これらはいったい何だろう？

けれどそうした疑問も、男性本人にぶつけることは出来ず、アーシャは口を噤《つぐ》む。いや、何か言おうとしても、至近距離で美しい男性に見つめられ、自分も男だというのにドキドキと落ち着かない気持ちになってしまい、考えがまとまらなかった。

うろうろと視線をさまよわせていると、彼はその唇を開き楽しそうに目を細め、こう言った。

「リリスへようこそ。我が花嫁」

男性が放った言葉が理解出来なくて、瞬きを何度も繰り返してしまう。

アーシャのそんな反応などお構いなしに、彼は先を続ける。

「名は何と申す？」

「あ、あの……」

「ウィシュロス様の質問にさっさと答えぬか！」

「ア、アーシャ、です」

言いよどんでいるとダラムから叱責《しっせき》され、反射的に名乗っていた。

知りたかった情報を得た彼は、アーシャの顔をまじまじと見つめながら、「良い名だ」と言って微笑む。そしておもむろにケープを取り去ると、短く切りそろえた小麦色の髪を梳いてきた。

「ふむ。優しげな顔をしているから女子かと思ったが、髪が短いな。アーシャは男子なのか？」

サラサラとしたその感触を楽しむように髪を撫で回され、アーシャは戸惑い返答に窮する。

するとまたダラムに叱りつけられた。

「アーシャとやら、貴様、ウィシュロス様の質問にすぐに答えぬとは、不敬にあたるぞ。早く答えぬか！」

「はいっ、僕は男子です」

ダラムの一声でなんとかそう答えると、その様子が面白かったのか、男性はクスクスと笑った。どんな表情をしても、仕草をしても、絵になる。ただ美しいだけでなく、見る者を引きつける、不思議な魅力を持った人だった。

上機嫌な男性からは敵意を感じず、それならと、ディールにしたように思い切って質問を投げかけてみた。

「あの、あなた様は、ウィシュロス様とおっしゃるのですか？」

その瞬間、ダラムから不穏な気配を感じた。けれど、三度目の叱責が飛んでくる前に、男が目配せして制してくれる。

「いかにも。私がウィシュロスである」

「ウィシュロス様って……神様の名前では？」

男はその言葉に虚を突かれたような顔をした後、吹き出した。

驚いて周囲に視線を送ると、ダラムは怒ったような顔で震えているし、ディールは笑いを堪えているようで小刻みに身体を揺らしている。

しばらくして男性の笑いは収まり、「今度の花嫁は面白い」と言いながら、改めて自己紹介をしてくれた。

「私がこの世界の創造主である、神・ウィシュロスだ。そしてアーシャ、そなたは私の四人目の花嫁として、これからこのリリスで暮らすのだ」

――この方が神様！

でも、とアーシャはある疑問が頭に浮かび、ウィシュロスを上目遣いで見つめる。

「何だ？　何か言いたいことがあるのか？　申してみよ」

「……地上では、神様は獅子のお姿をしていると言い伝えられております。そのため、神に守られた国であるマクベルダ王国の国旗にも、銀色の獅子が描かれているのです。私が教えられてきた神様のお姿と、ウィシュロス様のお姿がかけ離れていて……」

「ああ、そのことか」

ウィシュロスは一旦、アーシャから離れると「見ていよ」と命じ、瞳を閉じた。

するとみるみるうちに人の姿から、銀色の毛並みを持つ大きな獅子の姿へと変化した。

——銀色の獅子……！

それは、言い伝えどおりの神の姿だった。

アーシャが驚いて口を開けたまま唖然《あぜん》としているうちに、ウィシュロスはすぐにまた人の姿へと戻った。そして、人型となったウィシュロスが指を鳴らすと、その裸身に先ほどと同様の衣が一瞬でまとわれる。

「これで私が神だと信じたか？」

声をかけられ、呆《ほう》けていたアーシャはハッと我に返った。

「なぜ、人のお姿に？」

「ん？」

「獅子のお姿の方が、色々と都合がいいのではないかと思って」

その問いに、ウィシュロスはまたも声を上げて笑った。

「人間の嫁を娶《めと》るのだから、人間の姿でないと不都合があるだろう。それに、順番が逆だ」

「順番、ですか？」

「そう。私の今のこの姿に似せて、人間を作ったのだ。確か……千五百年ほど前にな。だからほら、こうして言葉も通じるであろう？」

王宮で学んだ歴史は、マクベルダ王国の建国が一番古い。それより前のことは教えられなかったし、アーシャも人間の起源など考えたことがなかったが、言い伝えどおりこの神が我々人間を創ったのだという。

「人前に神として姿を現す時は、あえて獅子の姿を取ったのだ。自分たちと似た姿形をした者よりも、珍しい生き物の方が神らしいだろう？」

　言われてみれば、確かにそうかもしれない。人と全く違う生き物、それも力のある美しい毛並みを持つ獅子の方が、神と崇めやすい。

「それでは、その頭にある耳と、尻尾のようなものは飾りではなく……」

「これは私の身体の一部だ。獅子の姿の名残だな」

　ウィシュロスはそう言うと、耳と尻尾をピコピコと動かす。

　その様子を見て、現在のウィシュロスと先ほどの獅子の姿が重なって見えた。

　――この方は、本物の神様なんだ。それなら……！

　アーシャはギュッと手の平を握り込むと、地面に手をつき、深く頭を下げた。

「ウィシュロス様に、お願いがあります！　私の父を……マクベルダ王国の国王の罪を、どうぞお許しください！」

　アーシャ以外の三人が訝《いぶか》しむ気配が伝わってきた。そのまま制止される前にと、早口でまくし立てる。

「国王は一度はこの花嫁の儀を取りやめようとしました。ですが今、こうして花嫁である私はここにいます。どうか、お怒りをお鎮めください。国王の無礼を、お許しください！」

　アーシャは心の内をそのままウィシュロスに伝えた。

　国王の病は、神を怒らせたからだとウォルグは言っていた。そもそもの要因である自分が神の元へ行けば、その罪は許されるかもしれない。そうウォルグに言われ、またアーシャ自身もそう思ったから、花嫁となることを承諾したのだ。

「私の身はどうなってもかまいません。今この場で召し上がっていただいてもいいです。だから、どうか、病に罹《かか》った父の命をお救いください……！」

最後まで言い切り、ウィシュロスを見上げる。

彼は、とても驚いた顔をしていた。

そしてダラムとディールもまた、戸惑っているようだった。

ウィシュロスはしばし思案した後、首を捻《ひね》りながら質問してきた。

「そなた、何を言っておるのだ？　国王の病？　命を救うとは？」

「……父が、花嫁を差し出さないつもりだったから、怒って天罰を下したのではないのですか？」

「なんだ、それは」

ウィシュロスの顔が初めて不快そうに歪む。

「それに、『召し上がる』とは？　いくら獣の姿になるといっても、私は人を食べはしない。そもそも食事自体を必要としない身体だ」

「……そうなのですか？」

そこでついに我慢の限界に達したダラムが、アーシャの肩を摑《つか》んで詰め寄ってきた。

「ウィシュロス様がそのようなことをするわけがないだろう！　何という言いがかりだ！」

ウィシュロスとダラムの真に迫った表情から、彼らが父の病に関係していないことを感じ取り、アーシャの身体から力が抜けていった。

「じゃあ、父様は、助からない……？」

アーシャが何をしても。

父の病は治せないということか？

「そんな……」

唯一の希望であったこの花嫁の儀が、全くの無意味だったということを知り、絶望感に襲われる。

――どうすれば父様を助けられる？

他に何が出来るだろう。

こんなに王宮から遠い地で……。

呆然《ぼうぜん》と座り込んでいると、頭上から耳に心地良い低音の声音が降ってきた。

「そなたは花嫁になりたかったわけではなく、父である国王の病を治すため、ここに来たのか？」

「……そうです。父はマクベルダ王国の要。ひいては国民の安寧に繋がります」

アーシャは力なく頷く。

神の花嫁になることを自ら望んだわけではなく、仕方なくここに足を運んだ。その事実は彼らを怒らせてしまうかもしれないと思ったが、アーシャには取り繕う余裕はなかった。

けれどウィシュロスは、アーシャの発言に怒りを露《あら》わにはしなかった。そればかりか、しばし考えた後、こんな提案をしてきた。

「そなたの望みは、国王の病が完治することだな？それなら、薬を作ればいい。ここにはどんな病をも治せる薬を作るための材料が揃っている。その薬を飲ませれば、重病人もたちまち回復する」

「ほ、本当ですか⁉」

「ああ。私は嘘《うそ》はつかない」

――薬を完成させれば、父様の病が治せる……！

光る階段を上っていた時、ダラムたちからリリスの湧き水を与えられたが、それを一口飲むと即座に体力が回復した。そんな不思議な水があるのだから、どんな病をも治せる薬を作ることも可能な気がした。

アーシャは一筋の希望を見出《みいだ》し、胸に渦巻いていた絶望感から救い出される。

「ウィシュロス様、ありがとうございます！」

今しがた初めて会った人間の煩《わずら》いをも晴らしてくれる。やはりこの人は神様なのだと改めて実感した。

感謝を述べるアーシャを見つめ、ウィシュロスは質問をしてきた。

「下界に帰りたいか？」

その問いに、何と答えるべきか迷う。

本心では帰りたいと願っている。

けれど、自分は父のため、王国のために、花嫁となることを選んだのだ。

「……私はここにとどまります。だからどうか薬を作り、父に届けることをお許しください」

深々と頭を下げるアーシャの頭上で、ウィシュロスの嘆息が聞こえた。

「心からそうは思っていないであろう？　……どうやらそなたは、これまでの花嫁たちと事情が違うようだ」

「え？」

含みを持たせた言い回しに、思わず疑問符が口をついて出てしまった。

けれどウィシュロスはそれには答えず、言葉を続ける。

「マクベルダの皇子、アーシャよ。そなたにとってこの儀は意にそぐわないもののようだ。だが、一度は花嫁として私に捧げられた身。すぐに帰してやるわけにはいかぬ。だから、こういうのはどうだ？」

続いて語られたのは、思いもよらぬ提案だった。

「薬を完成させるまでに、私がそなたに自らここにとどまりたいと思わせることが出来たら、正式に私の花嫁となってもらう。そしてもし、薬が完成した時に、まだそなたが下界への未練を持っていたら、薬を手土産《みやげ》に帰してやろう」

どうだ？　と問われ、アーシャは驚いてしまう。

「帰してもらえるのですか？」

「そなたにここに残りたいと思わせられなかった時

は、残念だが仕方あるまい。そなたのことを花嫁にするのは諦めよう」

アーシャにとってはとても好条件の取引だ。まさか神自らにこんな提案をされるとは予想もしておらず、かえって戸惑ってしまった。

「私はかまいませんが……ウィシュロス様はそれでよろしいのですか？　九百年も待って捧げられた花嫁ですのに」

これまでの花嫁にも同じことを提案したのだろうか？　けれど王宮で見つけた文献には、花嫁が地上に戻ってきたとは書かれていなかった。それは、花嫁自らここにとどまることを選んだからなのか？

ウィシュロスの真意を探ろうと、その端正な顔をじっと見つめる。

彼は、まるで花嫁候補という新しいおもちゃを与えられた子供のように、無邪気な笑みを浮かべた。

「なに、私からすると九百年などあっという間だ。そなたを地上に帰しても、またしばらくすれば次の花嫁がやってくるだろう。たまにはこういう趣向も面白いではないか」

ウィシュロスからは他の意図は読みとれなかった。神ゆえに嘘はつかないと言っているし、これが本心なのだろう。深い思惑はなく、ただアーシャが地上に帰りたそうにしていたから、提案しただけのようだった。

そもそもが人間を創った神の考えを、アーシャが理解しようとすること自体、無謀な行いなのかもしれない。

「……わかりました。その提案を慎んでお受けいたします」

アーシャがそう返事をすると、ウィシュロスが突如として距離を詰めてきた。そしてあろうことかアーシャの前に片膝をつき、その手を取る。

「麗しいそなたを、必ずや私のものにしてみせよう」

　ウィシュロスは先ほどまでの無邪気な笑顔とは一変した魅惑的な笑みを浮かべ、アーシャの手の甲に口づけを落としてきた。

「……っ！」

　手も唇も、冷たい。

　神様だからだろうか。

　けれど不思議なことに、ウィシュロスに触れられた部分が、瞬時に熱を帯びるのを感じた。その熱はジワジワと身体中に広がっていき、やがてアーシャの頬を赤く染める。

　このままウィシュロスに手を取られていると、雰囲気にのまれてしまいそうで、慌てて手を引っ込めた。

　すると成り行きを見守っていたダラムから、またも怒鳴られてしまう。

「貴様！　ウィシュロス様になんと恐れ多いことを……！」

　アーシャに掴みかからんばかりの勢いで、ダラムがこちらに向かってきた。

　それをウィシュロスは片手で制し、赤い顔でキスされた手の甲をさするアーシャを見て、ますます笑みを深くする。

「初々しい反応も気に入ったぞ。そなたも私の花嫁となる日を楽しみにしておれ」

　ウィシュロスは自信たっぷりにそう告げると、踵を返し指笛を鳴らす。するとどこからともなくユニコーンが一頭駆けてきて、彼はその背にヒラリと跨《また》った。

「私の可愛いアーシャ、また明日会おう」

　ウィシュロスはその言葉を最後に、ユニコーンを駆って北にそびえる山に向かって走り去っていった。

アーシャはウィシュロスの姿が見えなくなるまで、呆然とその場に佇《たたず》む。

こうしてアーシャは、当初の予定とは異なるものの、リリスでの生活をスタートさせることとなったのだった。

＊＊＊＊＊

「んん……、うわぁっ」

寝台の上、寝返りを打った拍子にアーシャは転げ落ちた。

「いてて……」

打ちつけた腰をさすりながら、寝ぼけ眼で起きあがる。

寝台から落ちるなんて、子供の時以来だ。

今、何時だろうと窓の外に目をやり、そこで部屋の様子がいつもと違うことに気づいた。

部屋の広さは王宮の寝所の四分の一程度だろうか。四角い部屋には小さな窓が二つ、木製の扉が一つ、一角の壁には簡素な文机と椅子が一脚置かれている。扉と対面にある窓の下には、先ほどまでアーシャが寝ていた寝台が置かれていた。

しかし、この寝台も人が一人横になるのがやっとの幅しかない。寝台の枠組みに飾り気はなく、寝具も絹ではなく木綿。今アーシャが着ている寝間着も綿で出来た質素なものだった。

木製の格子がはめられた窓からは朝日が差し込み、狭い室内を明るく照らしている。

王宮の自室と比べると、何もかもがこぢんまりとしていて慎ましい造りだが、幸い日当たりはとてもいいようだ。

――ああ、そうだった。

ここは神の住む天上の国・リリス。

神・ウィシュロスが創ったというこのリリスの中央に建てられた、小さな石造りの平屋の家が、アーシャに与えられた住処だった。

昨日ウィシュロスと別れた後、ダラムとディールにこの家に連れてこられた。

外観も家の中もとても年季が入っていたが、事前に整えてくれていたのか、埃《ほこり》臭くもなく、室内は清潔だった。すぐにその日から寝起き出来るように、食器や家具、新しい衣類なども用意されていた。

「まずは、身支度をしないと」

続けて、つい癖で侍女のローザを呼ぼうとしてしまい、苦笑する。

ここには自分しかいないのだ。

これまでのように、人に言えば何でも用意されていた生活ではなくなった。

ずっと仕えてくれていた二人の使用人のことを思い浮かべると、少し寂しい気持ちになってしまう。

けれど、地上を恋しがっていても、何もならない。早くここでの生活に慣れて、父のための薬作りを始めないと、と気持ちを引き締める。

部屋を見回し、見つけた小さなタンスの中から、用意されていた衣服に着替える。

王宮で身につけていたものとは素材も違うが、作りも違っていた。

花嫁の性別は問わないからだろうか、服は男性でも女性でも着られるようになっている。

確認したところ、服はどれも花嫁の衣装と似ており、色は白で、丈の長い、寝間着のように上下が繋がった、ゆったりとしたデザインだ。他には腰に巻く帯も何本か用意されており、色はマクベルダ王国を象徴する蒼色のものから金色まで、様々だった。それらには繊細な刺繍が施されていて、白い長衣に色を添える。

そこまではアーシャ一人でも着ることは出来たが、履物を履こうとして首を捻ってしまう。平べったい履物には紐がついているが、それをどう結べばいいのかわからない。

そういえば、とアーシャは昨日のウィシュロスの服装を思い浮かべる。

ウィシュロスもアーシャと同じような格好をしていた。ただ、似てはいたが、男性用なのか上下が分かれ、下衣は布地をたっぷり使った幅の広い脚衣だった。足下も、今アーシャが悪戦苦闘している履物と似たようなものを履いていたように思う。

「確か、こう、だったかな？」

平らな底に足を乗せ、左右の二本の紐を足首からふくらはぎに向かって編み込んでいく。

「うん、安定した」

試しに部屋の中を歩いてみたが、履物は足にぴったりとくっついている。

「髪は、もう短いからちょっととかせば大丈夫か」

ざっと櫛《くし》で髪を梳き、次に洗面に向かう。

この石造りの家は、台所と居間が一つになった部屋と、寝室しかない。

アーシャは台所に置いてあるカメの中から柄杓《ひしゃく》で水をすくい、タライに移して顔を洗う。

そうして身支度を終えたところで、腹の虫がキュウと鳴った。

花嫁の儀の当日に少し食事をとったが、昨日は果物しか口にしていない。気が張っていて食欲があまりなかったからそれで良かったが、二日間、ほとんど食べていない反動が今来たようだ。

食べ物を探して台所の戸棚を開けて回った。

見つけたのは、小麦粉と砂糖、塩のみだった。

他は、昨日、ディールが差し入れてくれた果物の残りと、同じく汲《く》んできてくれたカメいっぱいの水のみ。

調理器具は揃っているし、火を起こすかまどもあるから、今ある材料を使って何かしらの食べ物を作ることも可能だろうが、アーシャはこれまで料理らしい料理をしたことがなかった。

「仕方ない、今はこの果物だけで我慢しよう。後でディール様に食べ物のある場所を教わりに……」

「料理しないのか？」

「わっ！」

アーシャが皿に果実を載せたところで、どこからか声をかけられた。

突然のことに驚いて、皿ごと果実を床に落としてしまう。

「おいおい、気をつけないと駄目だぞ」

「だっ、だれ？」

アーシャは狭い家の中をキョロキョロと見回す。けれど、どこにも人の姿はない。しかし、声は聞こえ続ける。

「ここだ、ここ」

「え？」

「だから、ここ！」

一向に声の主を見つけられないアーシャに焦れたのか、何か小さな塊が食卓の上に飛び乗ってきた。

「ひっ」

「失礼なやつだな。こんなに愛くるしい俺様を見て、悲鳴を上げるなんて」

アーシャは丸い塊に恐る恐る話しかける。

「……君は、ネズミ？」

「違う！　ハリネズミだ！」

「ハリネズミ？」

「そう！」

薄茶色の丸いハリネズミは、まるで胸を張るかのように前足をピンと伸ばし鼻先を天井に向ける。

初めて目にするその姿があまりにも愛らしく、アーシャは驚きを忘れ相好を崩した。

「俺はハリネズミのヒュー。お前の名前は何だ？」

「僕はアーシャ」

「昨日下界から連れてこられた、ウィシュロス様の新しい花嫁だろう？　下界から来た人間は物知らずだから、俺がリリスのことを教えてやっても……って、何をする！」

アーシャはおしゃべりなハリネズミを手の平に乗せる。

「可愛い。でも、ちょっと毛はゴワゴワしてる？」

背中を毛の流れに沿ってソロソロと撫でてみる。

「無礼な！　背中の毛はいざという時の武器になるのだ！　ここの毛を触ってみろ！」

毛並みのことを指摘されたのが気に障ったのか、手の平の中でヒューがコロリと仰向《あおむ》けになった。

「ほら、特別に許すから、触ってみろ！」

「わあ、ふわふわ！」

アーシャが言われたとおり腹の白い毛を指先で撫でてそう言うと、ヒューは得意気な顔になる。

「ふふん、そうだろう。日頃から毛繕いには気を遣ってるからな」

ヒューはアーシャの手から再び食卓へと降り立つ。

「とにかく、俺がお前に色々と教えてやろう。ありがたく思えよ」

突然現れた、しゃべるハリネズミ。

普通なら驚いて警戒する場面なのだろうが、ここは地上ではなく天上の国。ダラムとディールに先に会っていたのが良かったのかもしれない。

アーシャはすんなりとヒューの申し出を受け入れた。

「じゃあ、お願いしようかな。よろしくね、ヒュー」

指先で小さな頭をクリクリと撫でると、ヒューがなぜかびっくりしたように目を見張る。

「お前、少しは警戒しろよ。俺が悪いやつだったらどうするんだ？」

「ヒューは悪いハリネズミじゃないんでしょう？」

「当たり前だ！　俺みたいに優しくて格好良くて親切で可愛らしいハリネズミ、他にいないぞ！」

「なら問題ないじゃない」

アーシャは男気溢《あふ》れる可愛いハリネズミに笑いかける。

ヒューは半分呆れたような顔をしながら、独り言のように呟いた。

「人間のくせに、疑うってことを知らないのか？　前の花嫁とはえらい違いだ」

「ヒューは九百年前の花嫁だった人に、会ったことがあるの？」

「俺はこう見えて、リリスに来て千年は経ってるからな。もちろん、前の花嫁とも会ったことがある」

「その人、どんな人だった？」

ヒューの口から九百年前の花嫁の話が出て、彼女がリリスに来てからどういう人生を送ったか気になり、尋ねてみた。

「気が弱いというか、臆病というか……。俺だけでなく、ウィシュロス様にもなかなか心を開かなかったな。常に何かに怯《おび》えているような……。ああ、その娘は手の甲に花嫁の印があったんだが、その痣をひどく気にして、いつも手に布を巻いて隠してたな」

「……ウィシュロス様とは、あまり仲良くなかったの？　いつも地上に帰りたがってたとか？」

ヒューはその質問に、思い切り頭を左右に振った。

「ウィシュロス様には、リリスで暮らせるようになったことを、とても感謝してた。ここは自分の他に人がいなくて落ち着く、とも言ってたな。人と話すのがとても苦手だから、ウィシュロス様とはなかなか打ち解けられなかったようだけど、夫婦なんだから仲は悪くなかったぞ」

「へえ、そうなんだ」

九百年前の花嫁は、とても引っ込み思案な性格だったようだ。そして、地上よりリリスでの生活を好み、神の花嫁となったことを受け入れていたようだった。

てっきり、アーシャのように印があるからと国の安定のために花嫁になったのかと思っていたが、少し違うようだ。

文献では花嫁の人柄にまで触れられてはいなかったが、こうして実際に彼女に会ったことがあるヒューから話が聞けて良かった。かつての花嫁が不幸な末路を歩んだわけではなかったようで安心した。

アーシャがそんなことを考えていると、ヒューがニヤリと笑って前足でツンツンとつついてきた。

「なんだなんだ、前の花嫁のことを聞くだなんて、さっそく焼きもちか？」

「え？　焼きもち？」

「でも今はお前が花嫁なんだから、自信を持てよ」

「そういうんじゃないよ」

否定してもヒューは取り合ってくれず、「照れるなよ」とまた見当違いなことを言ってくる。

「まあ、これも何かの縁だ。これから俺が色々と面倒をみてやろう」

盛大な誤解をされているようだが、リリスに来たばかりの上、一人での生活も初めてのアーシャにとって、ヒューの申し出はありがたいものだった。素直にその好意を受け取ることにする。

「よろしくお願いします」

頭を下げると、ヒューは「うむ」と頼もしく頷き、さっそく料理を始めるように指示してきた。

やったことがなくて、とアーシャが答えると、ヒューは「仕方のないやつだな！」と口では言いながらも、得意顔で料理の仕方を口頭で教えてくれる。

アーシャはヒューに教わりながら、まずは火を起こし果物と砂糖を鍋に入れ甘く煮詰め、それを小麦粉と水、塩を少々入れて練って作った生地で包み、鍋で蒸し焼きにした。

朝食のはずだったが、アーシャの手際が悪く、気がつけば昼食の時間になってしまっていたが、ヒューの指導のおかげで、甘いパンのようなものが完成した。

ヒューと一緒にそれを食べ、辛口の批評をもらいながらも、アーシャは嬉しかった。

王宮では常に誰かの気配を感じながら生活していたから、一人でこの石造りの家で暮らすことになり、人恋しくなっていたのだ。

人間ではないが、ヒューはとてもおしゃべりだし世話好きで、彼が来たことで、一気にこの家の中が明るくなった気がする。

アーシャはこうしてまた誰かと食卓を共に出来たことを喜んだ。

その後は、ヒューから洗濯の仕方や風呂代わりに身体を清めることの出来る沢を教えてもらった。

一応、家の裏手に屋根つきの浴場はあったが、水を汲んで沸かすのは骨の折れる作業になりそうだった。リリスは年中暖かい気候のため、ヒューは水浴びをすすめてきて、アーシャもそうすることにした。

ヒューを肩に乗せ、沢を目指す。

「お前がトロトロしてるから、陽が暮れてしまいそうだ！」

「王宮じゃあ、こういうことはしたことがなかったから……。ごめんなさい」

「早くしろ！　陽が暮れると、さすがに水浴びは寒いぞ」

「はいっ」

流れが緩やかで浅瀬だというその沢は、家から少し歩いた林の中にあった。沢はとても澄んでおり、水面を覗くと魚が悠々と泳いでいる。

「北の山から湧き出た水が川になって、西の湖に流れている。この沢はその分流なんだ。昨日、ディール様もここからお前の家に水を汲んでいったぞ。大切な沢だから、大事に使えよ」

アーシャはヒューの説明を聞き、ふんふんと頷く。

本当にヒューの存在はありがたい。ヒューのおかげで、リリスでの生活にも早く順応出来そうだ。

急かされるまま服を脱ぎ、裸になって沢に入る。

「日陰は冷たいけど、陽の当たっているところの水は温かいぞ」

川岸にヒューを残し、陽の当たる場所を目指して沢に分け入っていく。

ヒューの言ったとおり、流れは緩やかで一番深いところでも水深は腰までしかないようだ。これなら溺《おぼ》れることもないだろう。

王宮で暮らしていた時には考えられないような入浴方法に、抵抗を感じるどころか、自然の中での水浴びを新鮮な気持ちで楽しんだ。

「魚、獲れるかな？」

身体を清め終わり、アーシャはふとそんなことを考えた。

ヒューに尋ねると、ここの魚は獲ってもいいらしい。

アーシャは試しに傍《そば》に寄ってきた魚めがけて手を伸ばす。

やはりそう上手くはいかず、魚はアーシャをからかうようにスイッと手をかいくぐって泳いでいってしまう。

「魚って、どうやったら獲れるんだろ？」

「魚が食べたいのか？　人間の嗜好《しこう》は変わってるな」

「わっ！」

独り言にヒュー以外の返答が間近であり、驚いて身体を跳ねさせた拍子に、沢の中で足を滑らせてしまった。

派手な水しぶきを上げ、後ろ向きに水面に倒れ込む。

――く、苦しい……っ。

突然の事態にパニック状態となり、どちらが上か下かもわからなく、必死に手足をばたつかせた。

その時、誰かがアーシャの腕を掴み、身体ごと引き上げてくれた。

「ぷはっ、けほっ、けほっ」

水中で息を吸おうとして、誤って水を飲んでしまい、激しくせき込む。

「平気か？」

「けほっ、けほんっ」

背中を優しくさすられ、しばらくすると呼吸が楽になった。そこで、背中を撫でてくれている人が誰かということに思い至る。

振り向くと、そこに立っていたのはウィシュロスだった。

「ウィシュロス様!?　いつこちらに!?」

先ほど声をかけられるまで、全く気がつかなかった。

「そなたを驚かそうと思って、こっそり近づいたのだ。だが、少々やりすぎてしまったようだな。悪かった」

アーシャの頬に張り付いた濡《ぬ》れた髪を、ウィシュロスが手でかき上げてくれる。

そのまま指の腹で輪郭をなぞられ、アーシャはその感覚に背筋を震わせた。

「寒いか？　そろそろ陽が落ちる。服を着た方がいい」

ウィシュロスに指摘されて、自分が裸だったことを思い出す。

彼の視線が肌の上を撫でていくのを感じ、それから逃れるために、そっと身体の向きを変える。

横目でチラリとウィシュロスを確認すると、アーシャを水中から救い出す時に彼も水をかぶったようで、服は濡れそぼっていた。その濡れた服が彼の肌にぴったりと張り付き、本来の体軀の造形を浮き彫りにしている。

貧弱な自分とは違う、男性的な肉体を見て、無意識に嘆息する。

神様とは、どこもかしこも完璧なのだなとしみじみ思った。

「アーシャ、どうした？　早く来ぬか」

先を歩くウィシュロスが手を差し伸べてくる。けれど神様に気軽に触れることなど出来ず、なかなかその手を取れない。

「ほら、早くせぬか」

アーシャの躊躇《ためら》いなどお構いなしに、ウィシュロスから手を繋いできた。

ひんやりと冷たい手。

けれど、沢の水よりは温かい。

彼のほのかな体温を感じ、ホッと全身から力が抜けた。

すると唐突に顎を取られ、面を上げさせられる。

ウィシュロスに至近距離で見つめられ、息を飲んだ。彼の美しさ、存在感、神々しい空気に圧倒され、身じろぎも出来なくなる。

ウィシュロスはアーシャの左頰を軽く撫でてきた。

それだけなのに、なぜか心臓がドキリと跳ね上がる。

「そなたの花嫁の印は、これまでの者と比べて一段と美しいな。感情が高ぶると現れるのか？」

「は、はい」

「今、はっきりと蝶の痣が出ているぞ。それは、先ほど溺れかけたからか？　それとも、私に見つめられているからか？」

からかわれているのかと思ったが、ウィシュロスは至極真面目な顔をしている。

何と答えたらいいものか迷った末に、「両方です」と答えた。

その返答に満足したのか、彼は嬉しそうに微笑んだ。

「私の花嫁は素直で可愛らしい」

それは地上にいた頃に、兄たちを始め、周りの人間からも言われたことのある賛辞だった。しかし、神であるウィシュロスの言葉として聞くと、いっそう面映ゆく感じる。

「さあ、早く出よう。私は平気だが、人の身では風邪をひいてしまう」

「……はい」

手を引かれ岸に上がり、木の枝にかけておいた衣服を手早く着込む。

「家まで送ろう」

ウィシュロスはまたも、ごく自然に手を差し出してきた。

躊躇いがちにそれに手を重ねる。

彼はしっかりと手を握ると、アーシャの歩調に合わせて歩き出す。

そこでふと、自分の身辺が妙に静かなことに気がついた。

「あっ、ちょっと待ってください。ヒュー！」

ヒューの姿が見あたらない。

心配になって繰り返しその名を呼んだ。

しばらくしてヒューを見つけた。

大きな岩の前に小さなハリネズミが、その身体をさらに小さく丸くして縮こまっている。

「ヒュー！　そんなところで、どうしたの？」

「…………」

「ヒュー？　具合でも悪い？」

声をかけても一向に返答がない。

アーシャは縮こまるヒューを、そっと手の平に乗せ顔を覗き込む。

「ヒュー、返事をして。心配なんだ」

「……降ろせ。俺のことはここに置いていくんだ」

「え？　どうして？」

「いいからっ。早く降ろせっ」

訳がわからないながらもヒューに言われたとおり、元の岩の前に降ろす。

「ヒュー……？」

「ウィシュロス様を待たせるな、早く行け」

「置いてはいけないよ」

アーシャは再びヒューをむんずと掴み、襟元から服の中へと入れてしまう。

「おいっ、アーシャ！」

服の中でモゾモゾとヒューが暴れて苦情を言ってくるが、アーシャはそれを無視してウィシュロスの元へ駆け寄る。

「お待たせしました」

一連の成り行きを見ていたウィシュロスは、モコモコと動くアーシャの腹の辺りに視線を落とし、やがてプッと吹き出した。

「そなた、意外と強引なのだな」

「そうでしょうか？」

自分ではわからなくて首を傾げる。

ウィシュロスは服の中のヒューに向かって声をかけた。

「ヒューよ、観念しろ。我が花嫁となる者は、その見た目に反して強情のようだ」

「はっ……」

ウィシュロスの一声で、ヒューはピタリと動きを止め大人しくなった。

服の中に押し込めるなんて、少し可愛そうなことをしてしまったかな、と思ったが、そのままの状態で家まで戻った。

家の前でヒューを外に出すと、彼はウィシュロスに一礼し、そそくさと林の中の我が家に帰ろうとする。

「ヒュー、もう帰るの？」

「ああ」

「明日また来てくれる？」

ヒューはコクリと頷き、林に向かって走っていった。

先ほどの沢からどうも様子がおかしかった。

いったいどうしたのだろう？

ウィシュロスが来るまではよくしゃべっていたのに、急に無口になったような気がする。

アーシャはそんなことを考えながら、隣に立つウィシュロスを見上げる。

彼は急いで走り去るヒューを、どことなく寂しそうな瞳で見送っていた。

「ヒューともう仲良くなったのだな」

「はい。ヒューは気さくで親切で、知り合えて良かったです。もう少し一緒にいたかったけれど、また明日も来てくれるようで安心しました」

ウィシュロスは頷き返すと、木々のざわめきにかき消されてしまいそうな声で、「すまないな」と呟いた。

何に対しての謝罪かわからず彼に視線を向けたが、その時には何事もなかったような顔をしていたから、聞き間違いだったのかもしれない。

ウィシュロスはヒューの姿が見えなくなると、自身もそのまま帰ろうとした。

彼の衣服は濡れたまま。髪も濡れている。

そのまま帰すのは忍びなく、服を乾かしていかないか、と申し出たが、断られてしまった。

アーシャはそれならと、少しだけウィシュロスを玄関先で待たせ、奥から顔や身体を拭うための布を持ってきて彼に渡した。

「せめて、これで拭いてください」

「私は風邪をひかないから、気遣いは無用だ」

「風邪をひかなくても、冷えるでしょうから。どうぞ、髪だけでも拭ってください」

ウィシュロスはようやく布を手に取り、軽く髪を拭った後、それを返してきた。

「ありがとう」

「いえ。こちらこそ、助けていただいてありがとうございました」

アーシャが礼を言うと、ウィシュロスがまた左の頬に手を伸ばしてきた。軽く撫で、すぐにその手を離す。

「もう消えてしまったな」

そんな名残惜しそうな呟きがアーシャの耳にも届いたが、どう反応したらいいのか戸惑ってしまった。

「今日はこれで。良い夢を」

「おやすみなさい」

ウィシュロスは別れの挨拶を口にすると、小道を歩いて立ち去った。

アーシャは扉を閉め、夕食作りに取りかかる。

メニューは、朝と同じ、果実煮を包み込んだパンだ。

アーシャは台所に立って料理をしながら、ヒュー一人いないだけでずいぶんと静かだな、と思った。

完成したパンを器に載せ、食卓につく。

同じものを食べているというのに、話し相手のいない食事はとても味気なかった。

——花嫁になったら、ずっとこんな生活が続くのかな……。

一人での生活に、無性に寂しさがこみ上げてきた。

王宮で暮らしていた時には感じたことのない孤独感。

アーシャは改めて、生まれ育った地から遠く離れた場所にいるのだということを実感した。

天上の国・リリスは、地上よりもはるかに美しい地。まさに楽園。

リリスの主である神・ウィシュロスも、言い伝えとは違い人と酷似した姿をしており、アーシャに害をなすことはなかった。それどころか、地上への未練を語ったアーシャに慈悲深い提案をしてくれた。

ヒューという友も出来た。

けれど、やはり地上への想いが捨てきれない。

自分がいるべき場所は、父や姉、二人の兄と、幼い頃から近くで仕えてくれている従者たちのいる、マクベルダ王国。

九百年もの間、花嫁を待っていたウィシュロスには申し訳ないが、薬を作り終えるまでにこの地にとどまりたいとは思えないような気がした。

アーシャの胸がツキリと痛む。

それは、優しい神様の花嫁になるのを迷っていることへの罪悪感からくる痛み。

自分のように父の病気を治すため、などという下心を持った者が花嫁で、きっと内心では落胆していただろう。

アーシャは、次の花嫁が彼のことを心から愛する人であることを願った。

＊＊＊＊

あっという間に時間が流れ、リリスに来て一週間が過ぎた。

身の回りのことをなんとか一人でこなせるようになったアーシャは、本格的に薬作りを始めることにした。

案内役は、もちろんヒューだ。

ヒューに相談して、家の周りを散策ついでにいくつかの薬草を摘んではいたが、効能を聞く限り、どれも父の病を治すまでにはいたらなそうだった。

アーシャは、薬の材料になりそうな薬草を求め、もっと他の場所へ足を伸ばすことにした。

その日、ヒューが教えてくれた希少な薬草があるという場所目指して、早朝から南の花園に向かって歩いていた。

「アーシャ、そっちじゃない、こっちだ」

「こっち？」

「そう、この林を抜けるのが近道なんだ」

王宮生まれ王宮育ちのアーシャは、手入れされた王宮の庭園以外の自然の中をほとんど歩いたことがなかった。だから、道なき道を「近道だから」と言われ歩き回り、早々に体力を奪われてしまう。

「ヒュー、ごめん。ちょっと休憩してもいい？」

「またか？　アーシャは軟弱だな」

そう言うヒューはずっとアーシャの肩に乗っていて、一歩も歩いていない。

ヒューにそのことを指摘する気力もなく、アーシャは木陰に移動を始める。

「アーシャ、待てっ」

「え？　な……っ！」

ヒューの制止が耳に届くや否や、地面が急になくなり、為《な》すすべもなく落下していく。そしてそのまま受け身を取る余裕もなく、背中から叩《たた》きつけられた。

全身に、一瞬呼吸が止まるほどの衝撃が走る。

「痛っ」

打ち付けた背中からジンジンとした痛みが広がり、すぐには動くことが出来なかった。

「アーシャ、大丈夫か？」

「……ヒュー、君は無事？」

「アーシャの上に落ちたからな」

ヒューに怪我がなさそうで安堵《あんど》する。身体の小さいヒューの上に、自分が落ちていたらと思うとゾッとした。

「起きれるか？」

「ん……」

そろそろと上体を起こし、怪我をしていないか確認する。

幸い、大きな外傷はなかったが、落ちる時に捻ったのか、右足首を動かすと痛みが走った。

顔をしかめ息を詰めたアーシャに気づき、ヒューが心配そうな顔をする。

「立てないのか？」

「ちょっと、無理そう」

アーシャはフッと詰めていた息を吐くと、周囲を見回した。

回りは土壁で、上を見ると丸く切り取られたような青空が見えた。どうやら、動物か何かが掘った穴に落ちてしまったようだ。

穴はそれほど深くないが、自力での脱出は難しそうだ。

アーシャはあることを思いつき、ヒューを手の平の上に乗せた。

「僕一人でここから出ることは出来そうにない。ヒュー、助けを呼びに行ってもらえる？　僕をここから引き上げられる人……そうだ、南の門にいる、ディール様を呼んできてもらえるかな？」

「おう！　まかしとけ！」

ヒューは二つ返事で引き受けてくれた。

「いくよ。三、二、一！」

かけ声と共に、ヒューを乗せた手を思い切り上へと振り上げる。反動で薄茶色の毛玉が空へと投げ出された。

ヒューは空中でクルクルと回転し、そして無事に地面に着地したようだ。

穴の縁から顔を覗かせ、「待ってろよ！」と言い置き走り去った。

アーシャは手を振ってヒューを送り出した後、ゴロリとその場に仰向けになる。

すでに服は泥だらけになっている。少し汚れが広がっても気にしない。それに、どうせ洗濯するのは自分なのだ。

アーシャは穴の底から、空を見つめた。

リリスでこうして見ている空は、地上で見た時と同じ青さ。天上も地上も、空の青さは変わらない。

「早くしなくちゃいけないのに……」

父に宣告された余命は、あと二週間。

アーシャの脳裏に、父を始め姉と兄たちの顔が浮かんで消える。そして次に、母の葬儀の様子を思い出した。

母が亡くなった時、アーシャはまだ五歳だった。

死の意味が理解出来なくて、棺《ひつぎ》に横たわる母を見てもあまり悲しいという感情は抱かなかった。けれど隣を見ると、いつもは気丈な姉が泣いていてびっくりした記憶が残っている。どこか痛いのかと心配になり、誰かに知らせなければと慌てて周りを見回して、二人の兄もボロボロ泣いていてさらに驚いた。

父も平素と変わらない表情をしているように見えたが、棺にかけた手が震えていた。

誰かがいなくなるということは、残された人に深い悲しみをもたらすのだと、アーシャはこの時痛感したのだ。

――あんな思いをするのは嫌だ。

死は、生きている者なら誰にでも等しくやってくるとわかっているけれど、もしも助けられる方法があるのなら、どんなことをしてでも実行したいと思う。

それが今なのだ。

父を救いたい。

姉や兄たちの泣き顔はもう見たくなかった。

早く薬を完成させて届けなくては……。

それなのに、注意力散漫でこんな事態に陥ってしまった。自分が情けなくなってくる。

アーシャはただ助けを待つばかりでなく、自分でどうにか出来ないかと、立ち上がるために試しに右足を少し動かしてみた。ズキンと鋭い痛みが身体を突き抜ける。

この足で、薬草探しが出来るだろうか。

治るまで、どのくらい？　間に合うだろうか？

アーシャの胸に、押し込めていた不安が一気に広がっていく。

その時、こちらに向かってくる足音が聞こえた。

次に、ヒューの畏まった声が耳に届いた。


「ヒュー！　ここだよ！」

アーシャは起きあがり、穴の上に向かって声を張り上げる。

すぐに見つけてもらえたようで、地面を踏みしめるしっかりとした足音が、真っ直ぐこちらに向かってきた。

「ヒュ……」

「ここか？」

真っ先にヒューの顔が覗くと思っていたのに、上から自分を見下ろしてきたのは、ディールの人懐こい顔ではなく、端正な顔立ちをした男だった。

「ウィシュロス様……!?」

「見つけたぞ、アーシャ」

ウィシュロスはアーシャに微笑みかけた直後、自らも穴の中に身を投じた。

「ウィシュロス様がどうしてここに？」

ヒューには門番のディールを呼んでくれるように頼んだはずなのに、予想外の人物の登場でアーシャは驚きに目を見開いた。

「この先の道でヒューと会ったのだ。そなたが穴に落ちたと聞いて、急いで助けにきた」

彼はそう言うと、うずくまるアーシャを抱き抱え、悠々と穴から脱出する。

地面にそっと降ろされ、ウィシュロスに怪我の具合を確認された。

「擦り傷だらけだな。一番痛むのは……足か？」

「ええ、そうです」

「どれ、見せてみよ」

ウィシュロスに服の裾をめくり上げられ、足を露わにされる。

「履物の紐を解くぞ」

「ウィシュロス様にそんなことはさせられませんっ。自分で解きますから」

アーシャが恐縮しつつそう答えると、ウィシュロスは鷹揚《おうよう》に頷き、そしてアーシャの緊張を解《ほぐ》すためか柔らかい笑みを浮かべた。

「そのようなこと、気にせずともよい」

言うが早いか、ウィシュロスの長い指が器用に紐を解いていく。履物を脱がされ、素足をまじまじと観察された。

負傷した右足首は、アーシャから見てもかなり赤く腫れ上がっている。

「痛そうだな」

ウィシュロスは眉間に皺を寄せ呟いた後、手に持っていた小さな壺《つぼ》を開け、中の液体をアーシャの足首に塗り込めた。

「っ……！」

「痛かったか？　すまぬ」

「いえ、冷たさに少し驚いただけです。あの、自分で出来ますから……」

「かまわぬ」

アーシャが再度申し出ても、ウィシュロスは手を止めなかった。

最初に液体を塗り込めた時にアーシャが身を竦《すく》めたからか、それ以降はことさら優しく腫れた足に触れてきた。

ウィシュロスはかまわないと言うが、神様にこんなことをさせて……、とアーシャは終始落ち着かない気持ちだった。

「今塗ったのは、打ち身や捻挫《ねんざ》に効く薬だ。二、三日安静にしていれば、すぐに歩けるようになるだろう」

その言葉を聞き、アーシャはホッと胸をなで下ろす。

「怪我をしたユニコーンの手当てをするために、この薬を持ってきていて良かった。もうしばらくじっとしていろ」

すると、ウィシュロスが唐突に自身の着ている衣の袖を破き、それを薬を塗った上から巻き付けてきた。

アーシャはそれを見ていっそう狼狽《うろた》えてしまう。

「ウィシュロス様、お召し物が……！」

「よい」

「でも……」

ウィシュロスは包帯代わりの衣を巻き終わると、フワリと微笑みかけてきた。

「生ある者は、時として怪我を負い、病に伏せることがある。弱っている者がいたら、その時に動ける者が世話をすればよいだけのことであろう」

「でも、あなたは神様なのに……」

「そうだな。そしてそなたは私の花嫁になるやもしれぬ者。こんな時くらい、私に甘えてほしい」

幼い頃から、神の偉業を聞かされて育ったアーシャにとって、ウィシュロスはとても尊い存在だった。

そのため、いくら彼の花嫁としてリリスに来た身であるとしても、恐れ多い気持ちが勝っていた。けれどウィシュロス自身はアーシャが想像していたよりもずっと気さくで話しやすく、まだ彼との距離感が摑めずにいた。

——甘えてもいいのかな？

そんな想いが一瞬頭を掠《かす》めた。

その直後、なんの予告もなくウィシュロスに再び抱き抱えられた。

「ウィシュロス様っ？」

「歩けぬだろう。家まで私が運んでやろう」

「いえ、いえ……！」

逞しい腕に抱え上げられ、隙間がないようにぴったりと身体を密着させられ、申し訳なさのあまり頭を何度も左右に振る。

「これ、暴れるでない」

「大丈夫ですから、降ろしてくださいっ」

ウィシュロスは渋々といった顔でアーシャを降ろした。

けれど、やはり捻った右足に体重をかけると激痛が走り、その場にうずくまる。

「大丈夫ではなさそうだが？」

「ウィシュロス様に抱えてもらうのは、恐れ多くて……」

「だが、その足では歩けぬだろう？」

「……はい」

するとウィシュロスは、いつぞやのように指笛を鳴らした。遠くから蹄《ひづめ》の音が聞こえてきて、長いたてがみをなびかせた一頭のユニコーンが姿を現す。

ウィシュロスはそのユニコーンに近づくと、目にかかったたてがみを払い、優しく語りかける。

「ルイ、私の大切な人が怪我をしてしまったのだ。お前の背に乗せて家まで送ってもらえぬか？」

ルイ、というのは、このユニコーンの名前だろうか？

ユニコーンはじっとアーシャを見つめ、そしてウィシュロスに向かって小さく嘶《いなな》いた。ウィシュロスはユニコーンと意志の疎通がはかれるようで、通訳してくれた。

「手をルイの額に当てるようにと申しておる」

なぜそんなことを？　と疑問を抱きつつも、指示されたとおりにそっと手を伸ばす。うずくまるアーシャが触れやすいようにと、ユニコーンが自ら頭を下げて近づいてくれた。角の生えている下の辺りに触れると、じんわりと優しい体温が手の平に伝わり、思わず口元が綻ぶ。

しばしそのままでいると、ユニコーンが頭を起こし、ウィシュロスに鼻先を軽く擦り付け、フサリと長い尻尾を緩く左右に振った。

「そうか。すまぬな、ルイ」

ウィシュロスはユニコーンを撫でると、アーシャを振り向く。

「ルイが乗せてくれるそうだ。背に乗せるぞ」

「よろしいのですか？　ありがとうございます！　ヒュー、君も一緒に帰ろう」

草の陰に隠れるようにしてこちらを見ているヒューに手を伸ばす。

「いや、俺は……」

「ほら、僕の肩に乗って」

「早く。ウィシュロス様を待たせちゃってるんだから」

　ヒューはチラリと、上目遣いで窺いを立てるようにウィシュロスを見やる。ウィシュロスが悠然と頷くと、ヒューはぎこちない動きでアーシャの差し出した手に飛び乗った。

　ウィシュロスはアーシャを抱き上げ、軽々とユニコーンの背に乗せる。そして自らも跨がり、アーシャを後ろから包み込むような態勢を取った。

「ゆっくり走るが、振り落とされぬよう、たてがみを握っていろ」

「はい。あ、ヒューはこの中に」

　アーシャはヒューを襟刳《えりぐ》りから服の中に入れ、ギュッと両手で長いたてがみを握る。

　ウィシュロスも片手でそっとたてがみを握り、ユニコーンの腹を足で軽く蹴って出発の合図を出した。ユニコーンはゆっくりと走り出す。


　最初は要領が摑めず振り落とされないようにするので精一杯だったが、次第に慣れてくると周りの景色を見る余裕も出てきた。

「筋がいいな。乗り方が上手い」

「王宮にいた時、馬術の授業があったんです。あまり得意ではありませんでしたが、馬に一人で乗ることは出来るんですよ」

「なるほど。なら、もう少し速度を上げても大丈夫だな」

　ウィシュロスはユニコーンの腹を蹴り、速度を上げた。

　――速い！

　馬と似たような姿形をしているが、馬はこれほど速くは走れない。

　ビュンビュンと風を切り、ユニコーンは林を抜け、沢の浅瀬を渡り、坂道を上って、あっという間に石造りの家に到着した。
ウィシュロスはたてがみを握りしめ硬直している
アーシャを背から降ろすと、悪戯《いたずら》をする子供のよう
な目で感想を聞いてきた。
「どうだった？」
「び、びっくりしました。けど……」
「けど？」
「楽しかったです」
アーシャの顔に、自然と笑みが浮かぶ。
あまりの速さに、情けないことに足が震えていた
が、終わってみれば爽快感だけが残っていた。
アーシャの率直な感想に、ウィシュロスも笑みを
深くする。
「ルイに限らず、ユニコーンは繊細な生き物だ。気
に入った者以外は、近づくことすら叶わない。そな
たは気に入られたのだな」
「それは、ウィシュロス様がお願いしてくれたから
でしょう？」
「いいや。彼らには特別な力がある。身体に触れら
れると、人の感情や考えていることがわかるのだ。
だから、どんなに表面上取り繕っても、彼らにはそ
れが嘘か本当か、すぐにわかる。それゆえユニコー
ンたちは、警戒心が強くなかなか他種族の者に心を
開かない。たとえ私が命令しても、彼らは嫌なら絶
対に背には乗せてはくれぬ」
だからアーシャはユニコーンに気に入られたのだ
と、ウィシュロスが上機嫌に語る。
どうしてそんなに喜んでいるのだろう、と疑問に
思っていると、それを悟ったのかウィシュロスが言
葉を付け足した。
「私の大切な人が、気むずかしい友人に好かれて嬉
しい」

ウィシュロスの濁りのない、純粋な笑みにアーシャの目が釘付《くぎづ》けになる。これまで見たどの笑顔よりも美しいと思った。

——神様も、こんなふうに笑うんだ。

まるで子供のように、嬉しそうな顔。

見ている者までつられて笑みをこぼしてしまうような、そんな幸福感の滲む笑顔だった。

ウィシュロスの金色の瞳から目を離せない。すると、胸の奥で何かが動く気配を感じた。

それは例えるなら、マクベルダ王国の時間を司る教会の砂時計が、再び時間を計測するために反転する時のような、新たに何かが始まったことを知らせる気配。

けれどアーシャは自分の中で起こったその変化が何か、まだわかっていなかった。

ただウィシュロスの笑みから目が離せず、ひたすら彼を見つめ続ける。

すると、服の中でヒューがモゾモゾと動いた。アーシャはハッと我に返り、慌てて服の中に手を入れ、ヒューを外に出す。

「ヒュー、平気?」

「揺れに酔った……」

「水飲む?」

「いや、いい。今日はもう休む」

そんな時でも、ヒューはウィシュロスに頭を下げ、先に失礼する旨を丁寧に伝え、フラフラとした足取りで林の中に帰っていく。

その小さな後ろ姿を目で追いながら、ウィシュロスが尋ねてきた。

「ヒューはよくここに来るのか?」

「はい。毎朝やってきて、夕方まで共に行動してます。物知りで、ここでの生活に不慣れな僕を助けてくれているんです。薬の材料となる薬草も、一緒に探してくれてるんですよ」

　ウィシュロスは「ほう」と言ったきり、何事か考え込み始める。

　しばしの沈黙の後、彼は唐突に言い放った。

「これからは、私も薬草探しに同行しよう」

「えっ」

「そもそも、なぜ私を頼らぬのだ？　私がここを創ったのだぞ？　誰よりも地理に詳しいし、生息している動植物についても、その性質から何から全て把握しているというのに」

　言われればそうなのだが、まさか手伝ってくれるとは考えてもいなかったのだ。

「僕のお手伝いをしてくださるんですか？」

「そうだ」

「なぜですか？　僕がなかなか薬を完成させない方が、あなたには都合が良いのではないですか？」

「私が手を貸すことで、そなたが薬を早く完成させることになってもかまわぬ。私がその前にそなたの心を変えればいいだけのこと。それより……」

　ウィシュロスはそこで言葉を区切り、厳しい顔でアーシャを注視する。

「私の見ていないところで、そなたが危険に晒《さら》されることの方が問題だ」

「危険？」

　ウィシュロスは「ああ」と言って大きく頷く。

「先日は沢で溺れかけ、今日は穴に落ちて怪我をした。目を離せない」

　ぐうの音も出なかったが、これからはもっと気をつける。

　アーシャはそう言おうとしたが、ウィシュロスに真っ直ぐに見つめられ、言葉を飲み込む。

「そなたはいずれ私の花嫁となるやもしれぬ身。私の花嫁に傷がつくのは堪えられぬ」

ウィシュロスの視線がアーシャの右足に落ちる。

彼が本心から心配してくれていることが伝わってきて、胸が詰まった。

――とても、優しい神様。

人の痛みを我がことのように思う人。

ウィシュロスの申し出を、アーシャはありがたく受け取った。

「ウィシュロス様、今日は助けていただいて、ありがとうございました。これから、よろしくお願いします」

ウィシュロスは満足そうな顔で返してくる。

「ゆっくり休め。明日の朝、また会おう」

アーシャはユニコーンに跨がったウィシュロスを見送る。


「どうぞ、お気をつけて」

ウィシュロスはユニコーンと共に、帳《とばり》が落ち始めた小道を駆けていった。

アーシャは家に入ると、朝食の残り物で簡単に夕食をすませ、早々に寝所に引っ込み寝間着に着替えて横になった。まだ早い時間だけれど、目を閉じて休むことにする。

ウィシュロスに塗ってもらった薬はよく効いているようで、動かさなければ痛むことはなくなっていた。

アーシャは、ふと薬を塗ってもらったことや、抱き上げられたことを思い出した。

ウィシュロスは距離が近い。アーシャには越えられない壁を、彼は簡単に飛び越えて内側に入り込んでくる。

いつも突然触れられるから驚き戸惑いはするもの

の、それら全ては彼がアーシャのためを思ってしてくれていることだ。

彼があまりに気取らずに接してくれるから、これまでは『神様』として絶対的な敬愛の対象だったウィシュロスを、少しずつ身近に感じ始めていた。

アーシャはもう一度起きあがり、右足首を確認する。

そこには、ウィシュロスの衣が巻かれている。

——明日、もう一度ちゃんとお礼を言おう。

そう決めると、明日のため、早く寝ようと再び瞳を閉じた。

＊＊＊＊＊

翌日。

アーシャは布団の中で震えていた。

「寒い……」

昨日の足首の怪我が原因なのか、またはこれまでの疲れがここにきて一気にアーシャの身に訪れたのか、真夜中から急に熱が上がりだした。

それほど病弱なわけではないが、やはり王宮暮らしだったアーシャの身体は、まだ環境の変化に適応出来ていなかったのかもしれない。

歩くとジクジクと痛みが生まれる足を引きずりながら、家の中にあった布団をありったけ持ち出し、丸まってなんとかこの寒気をやり過ごそうとした。けれどいくら厚着をしても布団をかけても、芯から凍えていくようで、ガタガタと小刻みに身体が揺れる。

気がつけば、もうすっかり朝になっていた。

「喉、渇いた……」

起きあがるのも億劫《おっくう》だったが、この家には自分の他に誰もいない。もうじきヒューが顔を出すだろうが、彼の小さな身体では水を持ってくることは困難だろう。

アーシャは喉の渇きに耐えきれなくなり、ゆっくりと身を起こし、寝台から立ち上がろうと足をつく。

「あっ……！」

高熱のせいで身体からはすっかり体力が奪われており、足に力が入らず身体が傾いでしまった。アーシャはそのまま床に倒れ込んでしまう。

なんとか起きあがろうとするが、思っているよりも重病だったのか、意識が朦朧《もうろう》としてどこに力を入れたらいいのかもよくわからなくなっていた。

立ち上がることが出来ず、そのまま床に身を投げ出す。

「ローザ……、モルダ……」

アーシャは目を閉じ、馴染んだ二人の名前を呼ぶ。

ここが王宮の自室なら、すぐに二人が飛んできて介抱してくれるのに。

寝込んでいると知れば、兄たちと姉も見舞いに来てくれるだろう。

「姉様……、兄様……」

呼んでも、誰の返事も聞こえない。

誰も助けてくれない。

ここには自分一人しかいないから。

——皆に会いたい。

アーシャの目尻から、涙が一粒こぼれる。

「やだな、熱が出て、気持ちが弱ってるみたいだ」

こぼれた涙を拭う力もなく、ただ床に横たわっているしか出来なかった。

そのまま、アーシャは意識を失ってしまったようだ。

気がつくと、とても温かく柔らかい寝台に寝かされていた。

寝台の周りには、懐かしい人々の姿がある。

その中に父の姿を見つけ、アーシャは喜んで飛びついた。

「治ったんですね！」と言いながら、父にギュウッと抱きつく。

皆、笑顔だった。

優しく温かい場所。

アーシャはずっとこのままここにいたいと思った。

けれど、それらが優しい夢であることに、すぐに気がついてしまった。

父の隣に、亡くなったはずの母が立っていたからだ。

ああ、これは夢なのだ、と悲しい気持ちになる。

それでも、もう少しだけ、彼らと一緒にいたかった。

アーシャは夢だと気づきながらも、母に頭を撫でられ幸せだった。

その手があまりに優しいものだから、つい我儘《わがまま》を言ってしまった。

「傍にいて」と。

一人にしないで、と、現実でも一度も口にしたことのない子供じみた願望を、夢の中でこぼした。

母は微笑み、薄紅を塗った唇を動かす。しかし不思議なことに、母の口から聞こえてきたのは男性的な低い声音だった。

「ここにいる」

その声でアーシャは夢の世界から一気に引き戻された。

瞳を開け、ゆっくりと視線を巡らせる。

「え……？　何、これ？」

ゆっくりと身を起こし、部屋の中を確認した。

そこはリリスで自身に与えられた、石造りの家。けれど、アーシャが横たわっているのは、簡素な寝台ではなかった。

銀色のとても肌触りのいい毛皮の中、アーシャは埋もれるような形で眠っていたようだ。

「こんなに温かい毛皮、どこから……」

状況が把握出来ず、戸惑いながら毛皮を撫でる。それで温められたおかげか、寒気は引き、身体も先ほどよりは軽くなっていた。

不思議に思って撫で続けていると、しばらくして身体の上にかかっていた特に毛足の長い毛皮が、フサリと勝手に動き出した。

驚いて小さな悲鳴を上げると、身体の下にあったフカフカの毛皮が波打つ。

「起きたか」

「えっ、えっ？」

アーシャが目を白黒させているうちに、寝間着の襟元を上から摘《つま》まれ、寝台に身体を移動される。

いったい何が……、と思っていると、緑がかった金色の瞳と視線が合った。

寝台の脇に座してこちらを見つめているのは、一度だけ実物を見たことがある、獣になったウィシュロスだった。

どうやら先ほどまで、ウィシュロスの身体にもたれかかるようにして眠っていたようだ。夢の中でフカフカの寝台だと思っていたものは、彼の身体だったらしい。

「ウィシュロス様っ？　いつからここに？」

「朝訪れたらそなたが倒れていたのだ。寒がっていたから、私の毛で温めていた。アーシャよ、熱はどうだ？」

「熱は、先ほどよりは下がったようです」

ウィシュロスは獅子から人の姿に変化し、手を額に当ててきた。

「まだ熱が高い。寝ていろ」

生きた者の体温を感じさせない、ひんやりと冷たい手が、熱をはらんだ身体に心地良かった。

神様の前で寝ているなんて、と一瞬思ったものの、だるくてウィシュロスの言葉に甘え横たわる。

ウィシュロスは自分の方が辛《つら》そうな顔をしながら、アーシャの頭を何度も撫で、顔を覗き込んでくる。

心配していると一目でわかる表情に、彼の優しさが現れていて、弱った心に染み込んでいく。

しかし、しばらくすると、狭い室内に二人きりで、寝台で横になりウィシュロスに頭を撫でられているこの状況に、気まずさがこみ上げてきた。

アーシャはその空気をかき消そうと、口を開く。

「今、何時ですか？」

「昼を過ぎたところだ。ああ、そなたは何も食べていないのだろう？　何か欲しいものはあるか？」

人に何かをしてもらうことには慣れているが、さすがに神様にあれこれと注文をつけられない。

それでも喉の渇きは限界で、遠慮がちに水が飲みたいと伝えた。

ウィシュロスは頷くと部屋を出て、台所の隅にあるカメの中から水を汲んできてくれた。背中に手を添えて起きあがらせてくれ、彼の持っている器から水を飲ませてくれる。

甲斐甲斐《かいがい》しく世話を焼かれ、アーシャはありがたいと思いつつも、申し訳なくなる。

「ありがとうございます。面倒をおかけして、すみません」

彼に支えられながら再び寝台に身を横たえ、アーシャは謝罪を口にする。

するとウィシュロスは柔らかく微笑み、「気にすることはない。前にも言ったはずだ。弱っている時には甘えてほしいと」と言ってくれた。

静かな、優しい声音。

アーシャが横になるとまた髪を梳かれた。

こんなに優しくされると、まるで自分が幼子に戻ったような気がしてしまう。

そこで、アーシャは先ほど見ていた夢を思い出した。

「あの……」

「なんだ？」

「眠っている間、僕、変なことを言いませんでしたか？」

夢の中で、亡くなった母に「傍にいて」と懇願した。そして母は男性の声で応えてくれた。意識が朦朧としていて定かではないが、あれはウィシュロスの声だったような気がする。

ウィシュロスにあのような子供じみた呟きを聞かれたとしたら、とても気恥ずかしい。成人した男が、病気で気が弱って一人を怖がるなどと、みっともなくて知られたくなかった。

ウィシュロスはアーシャの問いかけに少し間を置いてから、「さあ、どうだったかな」と返してきた。

その答えは曖昧《あいまい》で、さらに追及しても良かったのだが、彼の目がアーシャの弱気を揶揄《やゆ》するような色を浮かべていなかったので、それ以上は聞かないでおいた。

少ししてウィシュロスは名残惜しそうに、アーシャの髪から手を離した。

「私がいると休むに休めぬだろう。明日また様子を見に来る」

「えっ、帰っちゃうんですか？」

咄嗟に口をついて出てしまった。

ウィシュロスは動きを止め、アーシャをまじまじと見つめてくる。

すると、掛け布団を少しめくられ、その隙間からフサフサしたものが入り込んできた。

——尻尾？

「もうしばらく傍にいるとしよう」

寝台に腰を下ろしたウィシュロスの毛足の長い尻尾が、アーシャの身体に添うようにピッタリとくっつく。

——あったかい。

光沢のある毛におずおずと顔を埋《うず》めると、陽の匂いがした。

傍に自分以外の人の気配を感じ、フワフワとした尻尾に寄り添われ、アーシャは心から安心して眠りにつくことが出来たのだった。

＊＊＊＊

アーシャの熱は次の日には下がっていた。

朝、目が覚めると寝台の横にウィシュロスの姿はなく、昨日の出来事は全て高熱が見せた幻なのでは、と疑ってしまった。

けれど、ウィシュロスの尻尾の感触や温《ぬく》もりはしっかりと覚えており、あれが現実に起こったことだと示唆される。

「恥ずかしいところを見せちゃったな」

昨日の言動は全て、熱のせいということにしてほしかった。

成人した男として、昨日のあれやこれやは、少し恥ずかしい。

「でも、あのフワフワは良かった」

目が覚めて獣の姿になったウィシュロスに身体全体を包まれていた時もそうだが、尻尾だけでも、触れていると不思議と気持ちが癒された。

それは果たして神様だからか、獣の毛並みが優れていたからか……。

出来ることなら、もう一度……、いや、何度でもまたあのフワフワを触りたい。

「フワフワ？　俺の腹毛のことか？」

アーシャが着替えをしながら独り言を呟いていると、窓からひょっこりヒューが顔を覗かせた。

突然声をかけられ、アーシャは飛び上がらんばかりに驚いてしまう。

「わっ！　ヒュー！」

「今日は顔色いいな」

「うん。……あれ？　僕が寝込んでいたの、知ってるの？」

「昨日もこの時間に来たからな。でもひどく具合が悪そうだったし、すぐにウィシュロス様もいらしたから、昨日は声をかけずに帰ったんだ。元気になって良かったな」

「うん」

ヒューはニコニコしながら、窓枠からアーシャの肩に飛び移る。

「今日はどうする？　飯は食べたか？」

「ううん、これから。朝食を食べたら、少し家の周りを散策したいところだけど、まだ足が痛むんだ」

一昨日《おととい》捻った足首に視線を落とす。なんとかゆっくりなら歩ける程度には回復していたが、山道は歩けそうにない。無理をして怪我が長引くのは得策ではないだろう。

今日はこれまで集めた薬草の仕分けをして過ごすことにした。

「よし、俺も手伝ってやろう」

「ありがとう」

ヒューと会話をしながら、朝食の支度のために台所に行くと、玄関扉がノックされた。

来訪者は一人しか心当たりがない。きっとウィシュロスが来てくれたのだろう。

アーシャは一昨日に引き続き、昨日も迷惑をかけた上に情けない姿を見られたことで、多少の気まずさを感じつつも、お礼を伝えなければ、と扉を開ける。

「はい……、うわっ!?」

扉を開けた直後、アーシャは花の中に顔を突っ込んでいた。

「おはよう、私の可愛いアーシャ」

「お、おはようございます」

訪問者はやはりウィシュロスだったが、どうやら彼が手に持っている大輪の花の中に、勢い余って飛び込んでしまったようだ。

ウィシュロスはアーシャの髪についた花びらを手で払うと、大きな花束を差し出してくる。

「見舞いの品だ。熱はひいたようだが、足の具合はどうだ？」

アーシャは大輪の花束を礼を言って受け取った。

「こんなにたくさんの花を、ありがとうございます。……足はまだ少しだけ痛みますけど、ウィシュロス様に塗っていただいた薬がよく効いたようで、明日には元通り歩けるようになりそうです」

「それは何より。……ああ、見舞いの品は花だけではなかった」

「わっ、魚だ！」

差し出された持ち手のついた手桶《ておけ》の中には、魚が二匹、悠々と泳いでいる。

「先ほど捕ってきたのだ。果物だけでは栄養不足になってしまうからな」

「わあ、嬉しいです！」

アーシャは手桶を受け取り、満面の笑みを浮かべる。

ウィシュロスは魚をもらって純粋に喜ぶ様を見て、愉快そうに目を細めた。

「アーシャは花より魚が好きか」

「いいえ、花も嬉しいです」

「よいよい。そんなに喜んでくれるのなら、明日も魚を持ってきてやろう」

「いいんですかっ？」

「ああ。そなたのその顔をまた見られるのなら、沢の魚を全て捕ってもかまわぬ」

「……全部は食べきれないので、少しで大丈夫です」

アーシャが生真面目に返すと、ウィシュロスは声を上げて笑い出した。

「そなたは本当に面白い。私はそなたが来てからよく笑うようになった」

ウィシュロスはそう言うと、家の中に足を踏み入れる。

アーシャの手から桶を取り、台所に持っていった。

「私は殺生は好まぬのだ。料理は自分でしてくれるか？」

「は……」

はい、と言おうとして、困ってしまった。

魚を捌《さば》いたことなんて一度もない。

何をどうしたらいいのかもわからない。

アーシャが困り顔で佇んでいると、ヒューが力を貸してくれた。

「恐れながら、私がアーシャに魚の捌き方を指南してもよろしいでしょうか？」

「ああ、頼む」

「ははっ」

ウィシュロスに承諾を得ると、ヒューはアーシャの肩に乗ったまま、次々に指示を飛ばしてくる。

ヒューの指導のおかげで、なんとか魚を捌き、スープも作ることが出来た。

それを朝食としていただき、食事の後は予定どおり、ヒューと二人で薬草の仕分けに取りかかる。中には効能のよくわからないものもあって、ウィシュロスに尋ねると丁寧に教えてくれた。

そうして時を過ごし、日が傾き始めた頃、ウィシュロスとヒューはそれぞれ家路についた。アーシャも夕食に焼き魚を食べて床につく。

食べ物の差し入れもありがたかったが、薬草探しをウィシュロスに手伝ってもらえることになったのは、本当に心強い。

そう実感したのは、翌朝、北の山に向かう話が出た時だった。

「北の山？」

「そう。ウィシュロス様と一緒なら入れるだろうから、北の山に連れていってもらうといい。あそこにしかない薬草があるから」

ヒューの言葉にアーシャは首を傾げる。

「ウィシュロス様と一緒じゃないと入れないの？」

「正確には、ウィシュロス様が許可した者以外、立ち入ることを禁じられているんだ。あの山には、ウィシュロス様が寝起きしている神殿があるからな。このリリスの中でも、さらに聖域とされている場所なんだ」

だからウィシュロスに頼んでみろ、とヒューは言う。

珍しい薬草があるのなら、是が非でも手に入れたい。

原材料がわからないため、薬作りはまだ効果がありそうな薬草集めの段階にとどまっていたが、調合を試すなら色々な薬草を一つでも多く揃えておきたかった。

「よし、ウィシュロス様がいらしたら、お願いして北の山に連れていってもらおう」

アーシャは勢い込んで言ったが、ヒューからの返事はそっけなかった。

「あ、俺は留守番してるから。二人で行ってこい」

「ええっ？　どうして？」

アーシャは思わず、食卓に座っているヒューを両手ですくい上げ、前後に軽く揺すってしまう。

「ちょっ、やめろっ、酔う！」

「あ、ごめん。つい」

「気をつけろよ、俺様は人間と違って繊細に出来てるんだから」

アーシャは開いた手の平にヒューを乗せ、改めて理由を聞いた。

「どうして一緒に行かないの？　いつも一緒に行ってくれてるのに」

「……色々とあるんだ」

「何？　その色々って」

ヒューは他に誰の気配もないことを確認するかのように、家の中をキョロキョロと見回す。

そしていくぶん声の音量を落として話し出した。

「下界から来たばかりのアーシャは、いまいちわかってないようだが、ウィシュロス様はこの世界の全てを無から創り出した、創造主様だ。わかりやすく言うと、とっても偉い人！　そんな人と気軽に行動を共にするのは、恐れ多いことなんだ」

ウィシュロスを敬う気持ちは同様だが、ヒューはアーシャよりさらに彼を崇めているようだった。

「でも、僕が穴に落ちた時は、ウィシュロス様を連れて来てくれたでしょう？」

「あの時は、助けを呼びに走ってたら、たまたまウィシュロス様に会って、急いでいる訳を尋ねられたから、アーシャが穴に落ちたと言っただけだ。『助けてください』なんて、俺から直接お願い出来るわけがない」

ヒューは遠慮しているけれど、やはり彼にも薬草探しに同行してほしい。

ヒューは大切な友達で、リリスのことを教えてくれる頼もしい先生でもある。

それにヒューといるととても楽しいのだ。父の病状を気にかけ不安にかられたり、薬作りがなかなか進展しなくて気分が塞いでも、ヒューと話している間は明るい気持ちになれる。前向きに薬草探しが出来る。

ヒューはアーシャの中で、かけがえのない存在になっていた。

「どうしても、駄目？」

「そんな目をしても、俺は揺るがないぞ」

「ヒュー、お願い」

「……駄目だ」

「そんなあ。ヒューがいないと寂しいよ」

アーシャが泣き言を口にした時、家の扉が前触れもなく開き、ウィシュロスが顔を覗かせた。

「おはよう、アーシャ」

「ウィシュロス様、おはようございます」

「そのままで」

立ち上がろうとしたが、ウィシュロスに制された。

椅子に座ったアーシャの足下に屈み込んだウィシュロスに、服の裾をめくられる。

「足の怪我は完治したようだな。だが、まだ無理は禁物だぞ」

服を整えられ、笑顔を向けられる。

「ありがとうございます。あ、そうだ、怪我した時に足に巻いていただいた服の生地は、洗濯しておきました。たぶん、縫えば元に戻ると思ったので」

「そうか。なら、持ち帰って神殿の者に繕わせよう」

アーシャはそこで思い切って申し出てみた。

「あの、僕にさせていただけませんか？　せめてものお礼に」

「出来るのか？」

「やったことはないですけど、丁寧に繕います。時間はかかるかもしれませんが、僕にお任せいただけませんか？」

ウィシュロスは意気込むアーシャの髪を、その大きな手で優しくポンポンと撫でてきた。

「生真面目で、義理堅い性格なのだな。礼をしようというその気持ちが、私は嬉しい。繕いものはそなたに任せるとしよう」

「ありがとうございます！」

「明日にでも着ていた衣服を持ってこよう。替えはいくらでもあるから、ゆっくり作業してくれていいからな」

頷きを返しながら、あることが頭に浮かび、おずおずとウィシュロスに伝えてみる。

「それ、これから取りにいってはいけませんか？　ちょうどヒューとも、今日は北の山に薬草を探しにいきたいと話していたところなんです」

ウィシュロスがチラリと、アーシャの手の中のヒューに視線を移す。

ヒューはウィシュロスと目が合うと、飛び上がらんばかりに身体を跳ねさせ、すぐさまその場にひれ伏す。

「私は、留守番いたしますっ。アーシャとお二人で行ってきてください」

「ヒュー、やっぱり一緒には行ってくれないの？」

「ウィシュロス様のお供は、私には荷が重すぎでございますっ」

神であるウィシュロスを前にひたすら恐縮しているヒューを見ていると、さすがにそれ以上強く言えなくなった。

けれど、残念な気持ちは隠しきれず、しゅんと肩を落とす。

ウィシュロスはアーシャのそんな心情を気遣ってか、ヒューに取りなしてくれた。

「ヒュー、アーシャが悲しんでおるぞ。一緒に来てくれぬか？」

「もったいないお誘いにございますが、ウィシュロス様とご一緒するなど、とてもとても……」

固辞するヒューを前に、ウィシュロスが一度言葉を切った。

説得する言葉を考えているのかと思ったが、窓から吹き込んできた風に揺られ銀色の髪がたなびいた時、彼のどこか寂しさを滲ませた表情が目に入り、アーシャの胸がドキリと鳴った。

――どうしてそんな顔を……？

その質問を口にすることすらはばかられるような雰囲気に、アーシャは彼の整った横顔から目を逸《そ》らせなくなる。

やがてウィシュロスは「仕方ない」と呟き、表情を引き締め息を大きく吸い込み、凜とした声音でヒューに告げた。

「ハリネズミのヒューよ。今日一日、私と行動を共にすることを命じる。この命令に逆らうことは許さぬぞ」

「はっ、ははっ」

命令と言われては、ヒューも断れないようだ。深く頭を垂れ、神から下された命に従う意志を示す。

ウィシュロスは困ったような笑顔をヒューに向けた。

「本来なら、誠意を持ってそなたを説得するべきところだが、奥の手を使ってしまってすまぬな」

「いえ、滅相もございません！　ウィシュロス様のご命令に従うことこそ、我が喜びでございます」

ヒューの言葉に、ウィシュロスはまたも複雑そうな顔になる。

決して怒っているのではない。

ただただ深い悲しみの色が、ウィシュロスの顔を曇らせているようだった。

気にはなったが、彼の心の深淵《しんえん》までは探ることが出来ない。

三人はすぐに北の山目指して出発した。

てっきり歩いていくと思っていたが、ユニコーンのルイが外で待っていた。

先日と同じく、服の中にヒューを入れ、ウィシュロスと二人、ルイの背に跨がる。

今日は最初からルイを早駆けさせ、そう時間も取られずに北の山の入り口付近に到着した。そこからは徒歩の移動だ。

アーシャはヒューを肩に乗せると、ウィシュロスに続いて、山の頂上まで続いているという石段を上っていく。

「少し歩くが平気か？」

「はい」

「疲れたら申すのだぞ。私が手を引いてやろう」

ウィシュロスの気遣いに、遠慮が残っているアーシャは返答に困りつつも、「ありがとうございます」と返す。

この山の標高はそれほど高くない。小高い丘と言ってもいいほどで、階段も緩やかだった。

「どのくらい上るのですか？」

「私の神殿がある頂上までは、五百段ほど上れば到着する。その前に、そなたに見せたいものがあるのだ」

山の中腹まで上ったところで、階段が一度途切れた。そこから左右に石畳が敷かれた小道が続いている。ウィシュロスは左手の小道を進んでいった。

「この洞窟を抜けたところだ」

短い洞窟を一つ抜けた先は、山の入り口があった位置からは木々や岩などに遮られ、あまりリリスの住民の目に触れないということだった。

「さあ、ここだ」

「わぁ、綺麗」

洞窟を抜けた先に広がっていたのは、背の高い木木が生い茂り、色彩が美しい大振りの花が咲き乱れる、自然豊かな景色だった。

山肌から湧き水が流れ出て小さな湖を作っているところがあり、そこには七色に輝く虹がかかっている。

リリスはどこもかしこも美しく、目を奪われる場所だったが、ここはさらに特別美しい。空気からして違うような気がする。

アーシャが深呼吸していると、ウィシュロスが自慢気に教えてくれた。

「ここはリリスの中でも、特に空気が澄んでいるのだ。ここでしか生息出来ない草花もあるぞ」

それなら、父を治せる薬の材料も揃えられるかもしれない。

さっそく付近を探索してもいいか、ウィシュロスに確認する。

ウィシュロスは「その前に」と言い、ついてくるように促してきた。

案内された先にいたのは、見たこともない大きな生き物だった。

「ウィ、ウィシュロス様……、あの者たちは？」

アーシャは無意識にウィシュロスの背に隠れるようにして尋ねた。

「ドラゴンだ。下界にはいない生物だな。身体は大きいが、気は優しい。怖がることはないぞ」

ドラゴン、というらしい生き物は、身の丈は人の三倍ほどあり、長い爪のついた逞しい四本の足で立ち、背中にはコウモリのような羽がついている。体毛はなく、硬そうな質感の肌で覆われた身体は筋肉質で、長い首の先にある顔は、蛇をさらに恐ろしくした容貌をしていた。頭には二本の角を持ち、尻尾も生えている。

ウィシュロスは怖くない、と言うが、アーシャは恐ろしくて容易に近づくことが出来ない。

「アーシャ、大丈夫だ。恐れるでない」

「でも……」

「ユニコーンにも好かれたそなただ。ドラゴンたちにも気に入られる」

ウィシュロスは尻込みしているアーシャの手を取ると、「さあ」と言ってドラゴンが数頭集まっている中へと進んでいく。

大きなドラゴンに周囲を囲まれ、生きた心地がしない。

硬直するアーシャを見て、ウィシュロスは耳元で囁《ささや》いた。

「このドラゴンたちも、私の大切な友人なのだ。そなたを紹介させておくれ」

ウィシュロスを見上げるると、困ったような顔をしていた。姿形が恐ろしいというだけで、彼の友人を怖がっていたことを反省した。

「すみません、びっくりしてしまって……。でももう平気です。僕にも彼らを紹介していただけますか？」

そう言うと、ウィシュロスはホッと安堵したようで、一際大きな身体をしているドラゴンに話しかける。このドラゴンが一番古くからいる個体で、群の長《おさ》だと教えられた。次に、アーシャをドラゴンに紹介してくれる。

「彼はアーシャ。私の花嫁となる者だ」

まだそうと決まったわけではない、と訂正したい気持ちにかられつつ、どうしても拭いきれない恐怖心を押し込め、ドラゴンに向かって丁寧に会釈する。

ドラゴンはまたウィシュロスに視線を戻し、何事か語りかけるように喉の奥から声を出した。ウィシュロスは彼らの言葉を理解出来るようで、通訳してくれる。

「アーシャ、彼らが『歓迎する』と申しておるぞ。親交の証として、ドラゴンの宝を見せてくれるそうだ」

「宝物を？」

「私の言ったとおり、彼らもアーシャを気に入ってくれたようだ」

良かったな、と言われたが、ウィシュロスの方が喜んでいるように見える。ユニコーンのルイを紹介してくれた時と同じだ。

「宝は、この岩壁の上にある。彼らの背に乗っていこう」

ウィシュロスは事も無げに言い、アーシャを抱き抱えると長であるドラゴンの背に飛び乗った。

ドラゴンは二人が乗ったことを確かめてから、大きな翼を羽ばたかせ、空へと飛び立つ。

「わっ、わっ」

「落ちないように、私に掴まっていろ」

アーシャは背後から回されたウィシュロスの腕を、しっかりと握る。

地上にいた頃に馬には乗っていたし、今日もユニコーンに乗って山の麓《ふもと》まで来た。けれど、さすがに空飛ぶ生き物に乗ったことはなく、顔が強ばる。肩に乗っていたヒューも、慌ててアーシャの懐に潜り込んできた。

見る見る大地が遠ざかり、その高さに両目をギュッと瞑る。

「アーシャ、そう硬くならずに景色を見てみろ」

「無理、です」

「私が支えている。絶対にそなたを落とさないと誓う。だから私を信じて、目を開けてみろ」

アーシャはそろそろと目を開く。

そうっと窺うように周囲を見回すと、アーシャの薄茶色の瞳に飛び込んできたのは、どこまでも続く蒼穹《そうきゅう》。

見渡せる範囲には何の障害物もない。

その一面の青空に、数回しか行ったことのない、マクベルダ王国を囲む澄んだ青い海を思い出した。

「すごい……」

それしか言葉が出てこなかった。

こうしていると、空に溶けていきそうな気さえする。不思議な感覚だった。

「気持ちが良いだろう？　私も時々、ドラゴンの背に乗せてもらって、空中散歩を楽しんでいるのだ」

アーシャはこんな貴重な体験を何度もしているウィシュロスのことを、心底羨《うらや》ましいと思った。

「こんなふうに空を飛ぶ日がくるなんて、思ってもいなかったです」

「気に入ったか？」

「はい！」

素直に頷くと、ウィシュロスが腰に回した腕にグッと力を入れてきた。

「私の花嫁になったら、好きな時にドラゴンに乗れるぞ」

密着され艶のある美声で耳元で囁かれ、アーシャは思わず赤面してしまう。

「私はそなたをとても大切にする」


彼は一瞬の間を見逃さず、さらに口説いてくる。

ここに来て十日。まだリリスの全てを見て回ったわけではないが、ここでの暮らしはとても穏やかで、どこもかしこもとても美しい。

王宮の庭師によって手入れされた庭園も見事なものだったが、リリスは人の手によって創り出された人工的で洗練された空間ではなく、そこにある全てのものに輝きを感じられる、生命力に溢れた場所だった。草花の一本すらリリスにあることを喜んでいるような、そんな意志すら伝わってくるようだ。

神の近くにいられることを、ここに住まう者は誇りに思っているのだろう。

そうした意識が、この楽園の美しさを創り出している気がした。

アーシャは最近、ここでの生活に魅力を感じることが増えてきた。

花嫁として連れてこられた時は不安でいっぱいだったが、滞在する時間が長くなるにつれ、リリスのいいところを少しずつ知っていった。

ヒューというおしゃべりで楽しい友人も出来たし、ウィシュロスもとても親切にしてくれる。ユニコーンに乗って野を駆けたり、ドラゴンと出会い、地上では体験出来ない空中散歩もさせてもらえた。

生まれ育った王宮から、神の花嫁候補としてリリスに連れてこられた現在、自分を不運だとは思っていない。

それどころか、ここでの生活を楽しんでいる時もある。

けれど、まだアーシャは答えを出すことは出来なかった。

地上とリリス、どちらの生活がいいかなんて選べない。

どちらもそれぞれ魅力的な部分があり、大切な人がいる。

けれど確かに、リリスを知るにつれ、地上に対する未練は少しずつ薄れてきていた。

アーシャは己の心情の変化に気づき、動揺する。

リリスでの生活を全て捨てて地上に帰ることに対し、心が揺れ動き始めていた。

アーシャはなんと返事をしたらいいものか考え込んでしまう。

その時、ふいにウィシュロスの体温の低い手がアーシャのそれに重なった。軽く指を絡め握りしめたかと思ったら、袖口からスルリと服の中へ手を潜り込ませてきて、素肌を撫でてくる。

ただ腕を触られただけ。けれどどこか意図を持ったような手の動きに、アーシャはひどく気が動転してしまった。

ウィシュロスの指が肌の上を滑るたび、くすぐったさの他に、ゾクゾクとしたものが湧き上がってくる。

その感覚は、リリスに来たばかりの頃、沢で助けてもらった際に頬に触れられた時と似ていた。

これ以上触られているとおかしな気分になってしまいそうで、彼の手から逃れるため、つい腕を大きく振り上げてしまった。その反動でバランスを崩し、ドラゴンの背からずり落ちそうになる。

「わぁっ！」

「アーシャ！」

身体が半分ほどずり下がったところで、ウィシュロスの手が伸びてきて腕を取られる。そのまま力ずくで身体を戻された。

心臓がバクバクと早鐘を打っている。

アーシャは身を捩《よじ》って、背後のウィシュロスにしがみついた。

「危なかったな。暴れてはならぬぞ」

「は、はい……」

ウィシュロスと抱き合う形になっているが、今はそんなことにかまう余裕はなかった。

アーシャが大人しくしがみついているからか、ウィシュロスの機嫌は良いようだったが、服の中のヒューはご立腹だ。「俺もろとも落ちるところだったじゃないか！　死ななくても痛みは感じるんだぞ！」という苦情が聞こえてくる。

「空中散歩はもう終わりにして、ドラゴンの宝がある場所に向かおう」

ウィシュロスはそう言うと、ドラゴンの背を軽く叩き、合図する。ドラゴンは徐々に下降し始めた。

「慣れぬうちは、下を見ない方がいいだろう」

「はい」

アーシャは素直に言うことを聞き、じっとしていた。

高度が下がるにつれ、徐々に周りに木や山肌が見えてくる。

やがてドラゴンは、岩肌にぽっかりと開いた洞窟の前の、狭い空き地に降り立った。

ウィシュロスの手を借りてドラゴンから降りる。固い地面に足をつけるとようやく緊張が解け、キョロキョロと周囲を見渡す。

「ここは？」

「待っていろ、すぐ来る」

——来る？

誰かが宝物を持ってきてくれるという意味だろうか？

首を傾げていると、洞窟の中からギャッギャッという鳴き声が聞こえ、アーシャの膝くらいの背丈しかない、小さなドラゴンが二頭、ヨタヨタしながら出てきた。

けれど、警戒しているのか、子供ドラゴンはアーシャの姿を認め、ピタリと足を止めてしまう。

するとここに連れてきてくれた長のドラゴンが喉を鳴らし、安全だと知らせてくれたのか、すぐに子供ドラゴンが寄ってきて、アーシャにまとわりつく。

「わあ、可愛い！」

大人のドラゴンと基本の形は同じだが、角の位置が下の方についており、瞳も大きく、愛くるしい顔をしている。おぼつかない足取りも、幼子のようで庇護《ひご》欲をかき立てられた。

アーシャはウィシュロスを振り返り、撫でてもいいか確認してから、そうっと手を伸ばす。

二頭の子供ドラゴンはアーシャの手をフンフンと嗅《か》ぎ、長い舌を出してペロペロと舐《な》めてきた。

「ふふ、くすぐったい」

顔を綻ばせると、もう一頭がじゃれつくように背に飛び乗ってきた。予想以上にずっしりと重く、よろめいてしまう。

「こらこら、急に飛びつくでない。アーシャが驚いておるぞ」

ウィシュロスが窘めると、子供ドラゴンはすぐにアーシャから離れる。その後は乱暴な振る舞いもせずに、身体を擦り寄せる程度だった。

「ウィシュロス様の言葉をちゃんと理解してるんですね。おりこうさんだ」

「ドラゴンは知能が高いからな。性格は温厚で気高い種族だ。だが、子供たちは他の種族同様、無邪気なものだ」

子供ドラゴンはウィシュロスにもよく懐いており、彼にも甘えるように身体を擦り寄せたりしている。

時々、顎を撫でてくれるウィシュロスの手を軽く噛《か》み、甘噛みのようなこともしていた。ウィシュロスもそれが親しみを表す行動だとわかっているようで、注意することもなく慈しむような目で子供たちを見ている。

「改めて紹介しよう。こちらがフィン、もう一頭がルルだ」

「僕はアーシャ。よろしく、フィンとルル」

自己紹介をすると、二頭は同時にギャッと鳴いて返事をしてくれた。

「宝物って、この子供たちのことだったんですね」

「ああ。これ以上の宝はないだろう？」

「ええ」

アーシャはウィシュロスの言葉に同意し、ここに連れてきてくれたドラゴンに向かって頭を下げた。

「大切な子供たちに会わせてくださって、ありがとうございます。最初は怖がってしまってごめんなさい」

ドラゴンはアーシャの言葉もきちんと理解してくれたらしく、グルル、と低く返事をしてくれた。アーシャには何と言っているのかわからなかったが、言葉を介さなくても、彼の凪いだ瞳を見れば友好的な気持ちが伝わってきた。

「そろそろ下へ戻ろう。薬草探しをするのだろう？」

ウィシュロスに促され、ここに来た目的を思い出した。

名残惜しかったが、子供ドラゴンに別れを告げ、再びドラゴンの背に乗せてもらい、元の場所へと降り立つ。

ウィシュロスの案内でいくばくかの薬草を摘み、ドラゴンの里を後にした。

ウィシュロスの神殿がある山の頂上に向かいながら、アーシャは彼にも礼を伝える。

「ドラゴンに会わせてくださって、ありがとうございます。空中散歩も、とても楽しかったです」

ウィシュロスは興奮しているアーシャを見て、満足そうな顔で言った。

「この山を聖域とし、他の生き物の立ち入りを制限しているのは、彼らドラゴンが生息しているからだ。ここは特に空気も水も澄んでいるから、ドラゴンにとって住みやすい。姿は屈強そうだが、彼らは繊細で、他の地では長生き出来ぬのだ」

ウィシュロスがドラゴンたちをとても愛していることが伝わってきて、アーシャも自然と口元が綻ぶ。

ウィシュロスのことは、まだあまり知らない。

王宮にいた頃に神様の存在は教師から教わっていたが、それは神様がマクベルダ王国の建国にどう関係してきたか、過去に王国が苦難にみまわれた時にどう救ってくださったか、ということのみで、神様自身については全く話されなかった。アーシャも、神様は別次元の存在すぎて、人格があるなど想像すらしていなかったのだ。

だから、神の花嫁としてこのリリスに来て、実際にウィシュロスに会いこうして共に行動するようになって、彼の性格を知るたびに、神様といえど自分たち人間とそう変わらない感情を持っているのだと知り、親しみを感じてきていた。

書物でしか知らない、遠い存在だった神様が、少しずつ身近な存在になっていく。

アーシャの中で彼はもう、誰でも知っている『神様』ではなく、『ウィシュロス』として根づき始めていた。

「ルルやフィンもですけど、ユニコーンのルイも、名前はウィシュロス様がおつけになったのですか？」

「そうだ。ここで生まれた者には、私が名を与えている。この世に生まれてきてくれたことに、感謝を込めて。そしてこれからの日々が、幸福に満たされたものになるよう祈りを込めてな。人間もそうであろう？」

「はい。僕の名前も、父につけていただきました。ご先祖様の名前からいただいたそうです。その方は優しく慈愛に満ちた人だったそうで、その性格ゆえ、皆から愛されたそうです。僕にもそういう人間になってほしいと願いを込めて、お名前をいただいたと聞いてます」

ウィシュロスは話を聞き終わると、フッと表情を緩めた。

「良い名をつけてもらったな。そなたは父君の願いどおりの人間に育っている」

てらいなく褒められ、少々照れてしまう。

「そうなれるように、努力しようと思ってます」

ウィシュロスははにかんだ笑みを浮かべるアーシャに、ある頼みごとをしてきた。

「アーシャよ、私に名前をつけてくれぬか？」

「名前、ですか？　もうウィシュロス様というお名前があるでしょう？」

「その名は、私が自分でつけたものなのだ。誰かにもらったものではない。……名前の由来を話すそなたを見ていたら、私も名前をもらってみたくなった」

「でも、僕が名前をつけてしまっていいんですか？」

アーシャが突然の申し出に戸惑っていると、ウィシュロスは「そう固く考えずともよい」と言ってきた。

「ウィシュロスという名前を捨てるわけではない。そなたにつけてもらう名は、そなただけが呼ぶ名。それなら気楽につけられるだろう？」


期待した眼差《まなざ》しを向けられては、断ることは出来なかった。

「よく考えて、いくつか候補をお出しします」

「いや、私は今名をつけてほしいのだ」

「今ですか？」

「左様」

――ウィスロス様のお名前……。

アーシャは、ウィシュロスの顔をじっくりと見つめる。

風にたなびく銀色の髪に緑がかった金色の瞳は、地上の人間が持たない色だ。左右対称の男性的な容貌も、これまで会ったどの人よりも美しく整っている。ともすれば作り物めいた美しさなのだが、ウィシュロスの表情が常に柔らかく、愛情に満ちた空気を醸し出しているため、彼が彫像などではなく、心を持つ者なのだということを感じさせている。頭に生えた獅子の耳と腰から伸びる長い尾も、我々人間との違いを表していて、よりいっそう彼を神々しく見せている。

ウィシュロスのどこまでも澄んだ瞳に、正面に立つ自分の姿が映り込む。その刹那、アーシャの頭にふとある名前が浮かび上がった。

「……ガイ。ガイはいかがですか？」

「由来は？」

「昔、馬で野駆けに出かけた時に、迷子になってしまったことがあったんです。陽が落ちてきて、しかも雨まで降り出して……。その時、偶然小さな洞窟を見つけて、雨宿りをしようと中へ進んでいった時に、不思議な湖を見つけたんです。そこは洞窟の中だというのに不思議と明るくて、覗き込んだ湖もとても澄んでいて、迷子になったというのにその美しさに、時を忘れて見入っていました」

馬を洞窟の入り口付近の岩に縄で繋いでおいたため、それから少ししてアーシャは王宮の兵士に無事に発見された。

はぐれたことを姉を始め、家族には厳重に注意され、迷子になってしまい皆に心配をかけたことを深く反省した。

そして、迎えにきた馬車に乗せられ、王宮へ帰る道すがら、アーシャは先ほどの洞窟のことを父に尋ねた。

あの洞窟は小さな山に自然と開いたもので、その山からは闇夜に光りを放つ鉱石が採れるという。洞窟の壁にもその鉱石は存在し、その光が湖に反射して、洞窟の内部を明るく照らしているとのことだった。

「ウィシュロス様の金色の瞳を見つめていたら、当時を思い出したのです。あの時、洞窟中に、心細さに泣きそうになっていた僕を励ますように、小さな無数の光がそこかしこに散らばっていました。まるで星のように……。その光る鉱石の名前が、『ガイ・レリイ』というのです」

ウィシュロスの金色の瞳と、記憶の中の星空のようなガイ・レリイの輝きが重なる。

白でもなく、青でもなく、ほのかな暖かさを感じさせる、金色がかった光だった。

ガイ・レリイの輝きの美しさを凌ぐ鉱石に、今まで出会ったことがない。

どんなに稀少で高価な宝石も、あの光に勝るものではなかった。

アーシャから名前の由来を聞いたウィシュロスは、目を細め会心の笑みを浮かべた。

「ガイか、気に入った。ガイにしよう」

あまりにもウィシュロスがあっさり受け入れたため、本当にいいのかと少し心配になってしまう。ウィシュロスに確認してみたが、彼は「問題ない」と返してきた。

「そなたが決めたのだから、これでよい。この名はそなたしか呼ばぬのだからな。アーシャが私を呼ぶためだけの名なのだから」

ウィシュロスはよほど嬉しかったのか、子供のようにはしゃいでいるように見えた。

「アーシャよ、今後は私のことはガイと呼ぶのだぞ」

「はい、ガイ様」

「違う。様はいらぬ。ガイと呼ぶのだ」

「呼び捨てになど出来ません」

アーシャは恐縮して頭を振るが、ウィシュロス……ガイは引かなかった。

「私がかまわぬと申しているのだから、遠慮するな。私はそなたに呼び捨てにされたいのだ」

ガイを納得させる理由も出てこず、迷いながらも承諾した。

「よし。さっそく呼んでみよ」

「……ガイ」

小声でポソッと呼んでみる。

ガイは大変喜んでいるようだったが、アーシャは慣れない呼び方に違和感を覚える。

「やっぱり、呼び捨ては落ち着きません」

「なら、慣れるまで何度でも呼べばいい」

甘さを含んだ眼差しで見つめられ、アーシャの心臓が落ち着きなく鼓動を速めた。

「わかりました。これからはガイとお呼びします」

でも、とアーシャは一抹《いちまつ》の不安を口にする。

「僕がウィ……ガイのことを呼び捨てにしてるところを聞かれたら、他の方々に示しがつかないのではないですか？」

「何を言う。そなたは私の花嫁候補ではないか。いずれ夫婦となるのだから、何もおかしなことはあるまい。それに、そなたは皆に愛されておる。誰も文句は言うまい」

ガイの言葉に、アーシャは首を傾げる。

「愛されている？　僕が？」

「そうだろう？　ルイもだが、今日だってすぐにドラゴンたちに好かれたではないか」

「あれは、ガイと一緒だったから……」

「いいや、これまでも相性の良さそうな花嫁をドラゴンに会わせたことがあるが、背に乗せてくれたのはそなたが初めてだ。むろん、宝である子供たちに会わせてもらえたのもな」

それは初耳だった。

自分のどこをそんなに気に入ってくれたのかわからなかったが、ドラゴンたちに好かれたのは光栄だ。

「嬉しいです」

アーシャがその気持ちをそのまま口に出すと、ガイが笑みを深くする。

「そなたのそういうところが、好かれる由縁だろう。真っ直ぐな心が、彼らの警戒心を解いたのだ」

正面から見つめられ、何とも照れくさくて思わず視線を逸らしてしまう。

するとガイがすっと身を寄せてきて、耳元で囁いた。

「そういう素直なところが、可愛いぞ」

「……っ！」

アーシャは思わずガイの身体を手で押し返してしまう。

襟元からひょっこり顔を出していたヒューがそれを見て、慌てて「アーシャ！」と窘めてきた。

アーシャ自身も自分のしたことに驚いて、不敬にあたると青ざめるが、ガイは笑って許してくれた。

「そなたは自由に振る舞ってよいのだ。私の花嫁なのだから」

「……まだ花嫁候補です」

アーシャが照れ隠しからそう釘を刺すと、ガイは声を上げて笑い出した。

「そうだったな。さて、我が神殿まであと少しだ。神殿の周りにも、珍しい薬草がたくさん生えているぞ」

アーシャは上機嫌なガイについて歩く。

――まだ、この方のことは、よくわからない。

どこまでが本気で、どこまでが冗談で、どこまでが遊びなのかが。

彼から本意の読めない言葉を向けられると、アーシャの心は乱される。

気持ちを落ち着けるため、アーシャはひっそり深呼吸し、頂上へと伸びる残りの階段を上りきる。

北の山の頂上は、ドラゴンの里よりもさらに緑の深い場所だった。

階段を上った先には、周囲をぐるりと高い木々に覆われた庭園が広がっている。階段から神殿まではは砂利が敷き詰められて歩道が作られており、その両脇には、綺麗に形を整えられた植木や花壇が、一番庭を美しく見せるようにと計算されて植えられていた。マクベルダ王国の王宮のような派手さはないが、ホッと落ち着けるような空間が作られている。

「むっ、アーシャ、あの背の低い木になっている黄色の実は、若返りの効果があると言われているものだぞ。それにそっちの赤い花は頭痛に効くんだ。よく見れば、ここに植えてある植物は全て、リリスでも手に入りにくい貴重な薬草ばかりだぞ」

ドラゴンの里を後にしてから、ようやく服の中から出てきたヒューが、興奮気味に話し出した。

「これはすごい。さすがウィシュロス様が管理されているだけある。これらの薬草が貴重とされるのは、栽培が難しいからなんだ。それを、こんなにたくさん育てていらっしゃるとは……」

ヒューはしきりに感嘆の声を漏らす。

アーシャにはそのすごさがまだわかっていなかったが、ヒューがここまで言っているのだから貴重なものなのだろう。ここに連れてきてもらえて良かったと思った。

「アーシャ、ヒュー、二人ともまずは休憩しよう。その後で庭を見て回ればいい。欲しい薬草を持って帰ってよいぞ」

「よろしいのですか！」

アーシャよりも先に、ヒューが返事をしたのには驚かされた。

あれほどガイに対して恐縮していたヒューが、自分から彼に声をかけるなど想像も出来なかったからだ。

ヒュー自身、つい出てしまった言葉だったらしく、言った後で慌てていた。

ガイは、自らの発言を反省しているヒューにニコリと笑みを向ける。

「そういえばヒューは地上にいた頃は、薬師《くすし》の家で飼われていたな。そうした環境にいたから、やはりそなた自身も薬草に興味があるのだな」

「はっ……。ハリネズミの分際で、すみません」

「何を申す。たとえ種族が何であれ、勉強熱心なのは感心なことだ。ヒューよ、そなたの知識でアーシャの薬作りを助けてやってくれ」

「ありがたいお言葉でございます！」

ヒューは千年ほど前にリリスに召し上げられたと言っていた。地上で暮らしていた時のヒューの身の上をも覚えているガイに驚きを隠せない。

「ガイは、リリスの住民のことを全て把握してるのですか？」

「ここに住まう者は、全員私が選んだ民だ。忘れるわけがないであろう」

「そういえば、ここの者たちを選んだ基準は何なのですか？」

アーシャが花嫁に選ばれたのは、印である痣があるから。

ここの住民たちにも、そういった印があるのだろうか。

ガイはその問いに、少しの間を置いてから口を開いた。

「それは……私と同じだったからだ」

「同じって？」

ガイの言っている言葉の意味がよくわからず、質問を重ねる。

けれどガイは曖昧に笑みを浮かべただけで、はっきりとは答えてくれなかった。

穏やかな笑みの中に、どことなく寂しさを滲ませたようなガイの表情に、なぜそんな顔をするのか気になったが、追及することは出来なかった。

アーシャは話題を変えるように、次の質問を口にする。

「ところで、ここにはどのくらいの民が暮らしているのですか？」

「リリスで生まれた者は三十四。地上から召し上げた者は、そなたも含めて八十七だ」

合わせて百二十一。

ガイは、下界と比べて少ないだろう、と言うが、名前だけならまだしも、全員の過去まで把握しているとは驚嘆に値する。

アーシャは自らも王族という民を守る立場にあったが、王宮に使える家臣の名前は知っていても生い立ちまでは知らない。下働きの者にいたっては、名前も知らぬ者もいた。

だから民のことをきちんと把握しているガイに、素直に尊敬の念を抱いた。

アーシャがそれを口にすると、なぜかヒューが肩の上で誇らしそうに胸を張る。

「我が神、ウィシュロス様は誰よりも慈悲深く優れたお方だ。こんなちっぽけな俺を、このような素晴らしい地へ召し上げてくださった。俺はそのご恩をいつかお返ししたいと、常日頃から勉学に励んでいるんだ」

ヒューがそんな決意のもと動いていたと初めて知った。

それはガイも同様だったようで、驚きを含んだ眼差しでアーシャの肩に乗っているヒューを見つめた。

「ヒューよ、そなた、そのようなことを考えておったのか？」

「ははっ。私のような者がウィシュロス様のお役に立てる日が来るかはわかりませんが、今この地でこうして暮らしていられるのはウィシュロス様のおかげでございます。この千年の間、あなた様から受けたご恩を忘れたことは、一日たりともございません。それは私だけではなく、このリリスに住まう者、全ての住民が等しく抱いている思いにございます」

ヒューが恭しく頭を垂れると、ガイがしっかりと頷き返した。

「そうであったか……。そなたたちの気持ち、しかと受け取ったぞ。だがな、ヒューよ。私はそなたたちがこの地で心穏やかに暮らしてくれていれば、それで十分なのだ。そのことを忘れるでないぞ」

「ははっ。ウィシュロス様の広いお心に、感謝して暮らしていきます」

ヒューはガイの言葉に感激したように身体を震わせ、さらに深く頭を下げた。

リリスに住むヒューの気持ちと、ガイの彼らへの気持ちを同時に知り、互いを思い合う心にアーシャの胸も震えた。

そして、地上にいた時、王族としての自分の振る舞いはどうだったかと自問せずにはいられなかった。

王国と国民のことを考えていたのは確かだが、ガイほど寛大な心で彼らを見守る覚悟は出来ていなかったように思う。己の幼さを恥じると共に、ガイの偉大さを実感した。

急に口を閉ざしたアーシャに気づき、ガイがこちらに視線を移した。

どうしたのかと問われ、アーシャは自身の未熟さを痛感したことを告げる。

「僕はリリスに来て、自分の幼さ、無力さを教えられてばかりです。王族として、国のために働きたいと言っていても、実際に何も出来ていなかったことが、恥ずかしくて……」

成人前だったのだから、という言い訳はしたくなかった。

それでも、政を司る王族の一員として、もっと民のために心を砕くことも出来たはずだ。

父や兄たちに倣うのではなく、自分自身で国のために出来ること、自分にしか出来ぬことを、もっと考えるべきだった。そのための時間はたくさんあったのだから。

アーシャが正直に胸の内を打ち明けると、ガイは穏やかな声で言ってくれた。

「そなたは神の花嫁として、たった一人でこのリリスにやってきた。国の将来を考えて国王である父を救いたいと、その一心で身を捧げた。今も本懐を遂げるため、下界から遠く離れたこの地で奮闘している。これはそなたにしか出来ぬことであろう？」

その言葉に、アーシャはハッとして顔を上げる。目が合うとガイは優しく微笑んだ。

「そなたは自分が思っているよりも、立派に王族としての役割を果たしておる。その勇気と覚悟は、下界の者たちにもきっと届いていることだろう」

低音のガイの声に心が満たされていくようだった。

――ガイといると、心が軽くなる。

それは彼が他者の優れている部分を、どんなに些《さ》細《さい》な事柄でも見つけ出して肯定してくれるからかもしれない。

受け入れてもらえているという安心感を与えられ、

アーシャはガイの言葉に胸が熱くなった。

「ありがとうございます……！」

「礼を言うのは私の方だ。そなたは私の代わり映えのない日々に、新たな風を送り込んでくれた。先ほどの空中散歩もそうだが、初めての事象に対峙《たいじ》した時の反応がとても新鮮で、そなたを見ていると私まで楽しい気持ちになれる」

ガイの指が伸びてきて、軽く頬を撫でられた。

壊れ物に触るような繊細な指の動きに、そこに神経が集中し、アーシャは微動だに出来なくなる。

ガイはアーシャを見つめ、口元にとても綺麗な笑みを形作った。

「そなたがリリスに来てくれて良かった」

その瞬間、胸がギュウッと引き絞られた。

「……っ！」

アーシャは痛みに耐えきれなくなり、無意識に胸元を押さえる。

――急に、どうしたんだろう？

これまでみまわれたことのない身体の変調に、戸惑いを覚える。

一歩後ろへ下がり、前屈みになったアーシャに、ガイが心配そうに声をかけてきた。

「アーシャ？　どうしたのだ？」

「急に胸が苦しくなって……」

「何？　それはいけない。中で少々休むとよい」

「すみません」

ガイに腕を取られ、彼に寄りかかるように引き寄せられる。

具合が悪くなったアーシャを介抱するためだとわかっていたが、激しく動揺し、身体を強ばらせてしまう。

服の上からだというのに、ガイの手の感触を生々しく感じてしまい、顔が熱を帯びた。

「歩けるか？　歩けぬようなら、私が抱えていくが」

「いえ、大丈夫ですっ」

少し触られただけでこんな状態なのだから、これで抱き上げられたらどうなってしまうかわからない。心臓が破裂してしまうかもしれない。

アーシャはガイの申し出を断り、さらに「一人で歩けますので」と言って彼から身を離した。

ガイは気遣わしそうな視線を送ってきたが、強引に抱き上げることもなく、アーシャの様子を気にかけながら神殿の中へと誘ってくれる。

「寝台に横になるか？」

「少し落ち着いてきたので、どこかに腰を下ろさせていただければ大丈夫です」

ガイと少し距離を置いたことで、鼓動の乱れは収まってきていた。まだ心拍数はだいぶ速いが、横になるほどではない。

気を遣わせてしまったことを申し訳なく思いながらそう言うと、ガイは神殿の入り口である扉を開け、中に声をかけた。

すぐに侍女であろう美しい女性が足音もなく現れ、ガイの前で軽く頭を垂れる。

リリスに来て初めて人間に会ったので驚いてしまう。てっきり自分以外はいないのかと思い込んでいたが、この神殿には彼女の他にも、ガイの身の回りの世話をするために人間がいるのだろうか。

ガイは侍女に向かって指示を出した。

「上の中央の部屋に、茶の用意を。リラの花を入れた茶がいいだろう」

リラは地上にも咲いている花だ。優しい香りが気持ちを落ち着け、後味がすっきりとしているお茶なので、気分が優れない時などにローザが淹《い》れてくれた。

侍女はガイの命を受け、現れた時と同様に静かにその場を離れていった。

ガイに促され、神殿の中へと足を踏み入れる。

神殿は、アーシャが想像していたよりもずっと小振りの建物だった。

神様の住処なのだから、この世のものとは思えないほど豪華絢爛《けんらん》な神殿を思い浮かべていたのだが、実際はそれほど装飾のない、簡素な造りの三階建ての建物だった。

従者も最低限しかいないのか、神殿の中はとても静かだ。

ガイの後に続き、応接間であろう庭園が一望できる二階の一室に入る。

部屋の中央に置かれた円卓に座るよう言われ腰を下ろす。

胸の動悸《どうき》は静まっていたが、ここまで長い階段を上ってきたこともあり、身体を休めることが出来てホッとした。

アーシャたちが席につくと、しばらくして先ほどの侍女が盆に茶器を載せて入ってきた。

その様子を見るとはなしに見ていたアーシャは、侍女の背後にもう一人、まったく同じ顔をした侍女が続いて入ってきたことに気づき、彼女たちを交互に見比べてしまう。

侍女二人が給仕を終え部屋を後にしたところで、アーシャはガイに質問した。

「先ほどの侍女は双子なのですか？」

「いや」

「同じ顔をしているように見えたのですが……」

「同じものから創ったからな」

「……どういうことです？」

「口で説明するより、実際に見た方がわかりやすいだろう」

アーシャが首を傾げると、ガイはテーブルに飾られていた白い花を手に取り、呪文のような言葉を呟いた後、ふう、と息を吹きかけた。すると見る見るうちにその花は形を変えていき、また一人、同じ顔の侍女が出現したのだ。

驚きすぎて、アーシャは目を大きく見開く。

いったいどういう仕組みなのだろう。

ガイに尋ねたが、「神の力を使ったのだ」と言われ、神様はこういうことも出来るのか、とガイの偉大さを実感した。

「神様って、何でも出来るんですね」

アーシャがしみじみ呟くと、ガイは意味深な笑みを浮かべる。

「そうでもないぞ。この世で起こる全てのことを把握はしておらぬし、これから起きる先のことも見通すことは出来ぬ。だからそなたの父の病のことも知らなかったのだ。時々、下界の様子を見てはいたが、細部まではあえて見ないようにしている。よほどの危機が訪れたら手助けはするが、基本は下界の者に統治を任せているのだ」

「どうしてですか？」

ガイが目を細める。

「全て知っていたら面白くないだろう？　私の思うどおりに全てを動かしてしまったら、私は神ではなく支配者だ。私はそんな世界にしたくて、この世を創ったわけではない」

彼の言うとおり、自分の思いどおりに動く世界は楽かもしれないが、何の楽しみもないだろう。そこに住まう者にとっても、自由を奪われて世界を回す部品としてただ生きているようなものだ。それが幸せとは思えなかった。

　ガイは茶を一口飲むと、「ああ、それと」と付け加えた。

「私は人の頭の中を覗くことも出来ぬな。元は私の創造物であっても、自我が芽生えた者の心を自在に動かすことも出来ぬ」

「そうなのですか？」

「そうであろう？　そなたはまだ私の花嫁になることを、躊躇っておるのだから。だからこそ、面白いのだがな。簡単に手に入れてしまっては、つまらぬ」

　ガイが愉快そうに口角を持ち上げる。その泰然とした姿を見て、恐らくアーシャには想像もつかないようなことを、彼は簡単に成し遂げられるのだろうと思った。だからこそ、たまに訪れる困難を楽しめるのだ。

　――僕は違う。

　アーシャは、困難を楽しめない。なるべく穏やかに生きたいと願うし、周りの人もそうであればいいと思う。

　今直面している父の病気も、早く良くなればいいと思っている。薬を早く完成させ、父が元気になれば、これほど嬉しいことはない。

　我知らず、ため息がこぼれた。

「表情が優れぬようだが、まだ気分が悪いのか？」

「いえ……」

「何か言いたいことがあるようだな。申してみよ」

「……父が心配なのです」

　アーシャは優しい声に促され、ポツリポツリと心情を吐露する。

「リリスに来る前、父は話も出来ないほど、弱っていました。今どうしているか、容態だけでも知れれば……」

話しているうちに、どんどん不安がこみ上げてきて、目頭がじわりと熱くなる。

慌てて俯くと、ガイが突如として立ち上がり、テーブルを回ってアーシャの隣に膝をついた。端正な顔を苦しそうに歪め、謝罪を口にする。

「アーシャよ、そなたの気持ちをわかってやれずにすまなかった」

膝の上に置いた手をすくい取られる。

「私はとても長い時を生きてきた。これからもそうだ。だが人の命は短いものだったな。そなたが父を心配する気持ちを、私は真の意味でわかってはおらなかったようだ」

ガイは眉を寄せ、厳しい顔をしている。心の底から反省しているようだった。

「そなたと共に行動出来ることが嬉しくて、薬作りを楽しんでしまった。そなたにしてみれば、一日でも早く完成させたかったというのに」

アーシャの切迫した状況をよく理解していなかったからといって、ガイを責めることは出来なかった。自分は彼の花嫁としてここに来たのだから、本来はもう下界への干渉は許されない立場だろう。それを、ガイの好意で薬作りを許されたのだ。それだけでも幸運だと思っていたのに、ガイは己の認識が甘かったと後悔している。

「薬に必要なものを教えよう。……ああ、だがその前に、連れていきたいところがある」

それからでもいいか、と尋ねられ、アーシャは何度も頷いた。材料を教えてもらえるだなんて、願ってもいないことだった。

ガイはアーシャの瞳に輝きが戻ったことで、安心したように緊張を解いた。

手を引かれ、屋外へと連れていかれる。

「歩いていくと時間がかかる。私に乗りなさい」

ガイはそう告げると、銀色の獅子の姿に変身した。

彼のこの姿を見るのは三回目。初めて見た時には、人の姿をしていたガイが突然目の前で獣に変化したことにただただ驚いた。二度目の時は彼の毛皮に身体を温められ、その温もりに癒された。三回目となる今日、改めて獅子となったガイを見て、美しいと心から感じた。

陽の光を受けて輝く毛並み。フサフサした尻尾が揺れる様は見ていて飽きない。

アーシャは無意識にガイの尻尾に触れていた。そのまま顔を長い毛に埋める。高熱を出した折に温めてくれた時と同じ、太陽の匂いがした。ずっと触っていたい、と思ってしまうほど、ガイの尻尾は手触りがいい。

「尻尾が気に入ったか？」

ガイの声でアーシャは我に返り、慌てて手を離した。

「ご、ごめんなさい」

恐縮するアーシャを、ガイは穏やかな瞳で見下ろしてきた。

「かまわぬ。だが、そなたをこれからある場所に連れていかねばならぬから、今は離してくれるか？」

アーシャが離れると、ガイは地面に身を伏せた。

「さあ、私の背中に乗りなさい」

そう言われ、遠慮がちながらもガイの背に跨がる。

アーシャが乗ったのを確かめ、ガイは立ち上がった。

「うわっ」

「しっかり掴まっているのだぞ」

「は、はいっ」

走り出す瞬間、ガクンと身体が後ろに傾いだ。急いでガイの首の後ろの毛を両手で摑み、振り落とされないように身を低くする。

獣となったガイはとても足が速かった。

ユニコーンなど比ではない。

歩幅も広く、飛ぶように走っていく。

ヒューは自分から服の中に入ってきて縮こまり、アーシャも振り落とされまいと全身でガイの背にしがみつく。

「アーシャよ、着いたぞ」

しばらく走り、ガイが足を止めた。

彼の背から降り立つと、そこは森の中のようで木々が周囲を取り囲んでいる。

ガイは獣から人型に戻り、身体の強ばりが解けないアーシャの手を引いてさらに森の奥へと誘導してくれる。

「ここが西の湖だ」

木々を抜けた先には、澄んだ水を湛えた湖があった。

西の湖の話は以前、ヒューから聞いたことがある。

北の山の湧き水が川となり滝となって、この湖に流れ込んでいるそうだ。それほど大きくはないが、元々が北の山の湧き水のため、ここの湖には不思議な力があるとヒューは言っていた。軽度の怪我や病なら、ここの水を飲んだりかけたりすればたちまち治るらしい。そのため、リリスの住民たちは、身体に不調が現れると、この湖にやってくるのだという。

——この湖の水が、父様の病を治せる薬の材料なのかな？

いつか汲みにこようと考えていたが、効能を聞く限り、重病人の父にはこの水だけでは足りない気がしていた。

だが、ガイがここに連れてきたということは、薬作りに必要な材料ということなのかもしれない。

アーシャがそう考えていると、ガイは滝のカーテンの奥に向かって呼びかけた。

「ディア！　いるのだろう？　私だ、顔を見せてくれ」

――ディア？

滝の奥に、誰かいるのだろうか？

しばらくして、滝が途中から二つに割れ、人間の姿をした男性が現れた。けれど、不思議なことに、男性は滝の中から来たというのに髪も服も濡れていない。

歳の頃は三十歳前後だろうか。細身で、髪を一つに結って一方の肩に垂らしている。眼鏡越しの涼やかな目元は、理知的だが酷薄そうにも見えた。

彼は滝から出ると、裸足で湖の上を歩き近づいてくる。

およそ普通の人間には出来ない行動に、すぐに彼がアーシャと同じ人ではないのだと悟った。

「何事ですか」

「ディア、今日は私の花嫁となる者を連れてきたのだ」

ディアは目線だけ動かしアーシャを見やる。

睨まれているわけではないが、目が合うとピリリとした空気に緊張が高まる。

「あなたが四人目の花嫁ですか」

「まだ正式な花嫁ではありませんが……。アーシャと申します」

「正式な花嫁ではない？」

アーシャの言葉に、ディアは訝しそうな顔をする。すかさずガイが、二人の間で交わされた約束事を説明した。

ディアは話を聞き終わると、呆れたような目でガイを見つめる。

「あなたはまた思いつきでそんなことを……」

「アーシャも承知したのだ。良いではないか」

「そういうことではないのです。遊び感覚で人の心を動かそうとしてはいけません」

ディアはピシリとガイを叱った。一見冷たそうに見えても、ディアは人の気持ちを大切にしてくれる人なのだという印象を受けた。

ディアはアーシャに向かって軽く頭を下げてくる。

「アーシャ、すみません。彼は人の心をよく理解出来ていないのです。これでもずいぶん人間らしくなったのですが、やはりどこか私たちとは感覚が違っているようで」

「『私たち』ということは、ディア様も僕と同じ、人間なのですか？」

「正確には少し違います。元人間ですね。私は死後リリスに召し上げられて、それ以来ずっとこの湖の番人をしているのです」

不思議な現象を起こせるのも、人間の心の機微に敏感なのも、彼が元人間で現湖の番人だからだったようだ。

アーシャは、リリスに来て初めて人間だった相手と出会えたことで心が躍った。

同じ人間同士だから、ガイはここにアーシャを連れてきてくれたのだろうか。

そこへガイが、ディアの説明にさらに言葉を付け足した。

「アーシャ、ディアは私が初めて創った人間なのだ。もう千五百年の付き合いになる」

「千五百年!?」

アーシャはさすがに驚いて大きな声を出してしまう。

最初の人間ということは、アーシャのご先祖様でもある。そんな人にこんな場所で出会うなんて、とても貴重な体験をしている。

「そうですね。いつの間にやらずいぶんと長い時間が経っていました。そろそろ引退してのんびりしたいところですが、あなたから目が離せなくて」

「私の傍にいたいということか」

「違いますよ。そういうずれたところが心配で、目を離せないんです」

「冗談だ」

ガイは声を上げて笑う。

ディアも迷惑そうな口振りではあったが、本心からそう思っていないことは、表情を見ればわかる。

ガイとディア、立場は違う二人だが、ディアは遠慮なくガイにものを言う。そしてガイもそれを許し、さらには楽しんでいるように見える。二人は良い友人関係を築いているようだった。

ガイに冗談を言い合えるような友人がいるのはいいことだが、アーシャは二人の中に入っていけない空気を感じ取り、無意識に一歩後ろへ下がった。無性に寂しさがこみ上げてきて、服から出て肩に乗っていたヒューの頭を撫でる。

「それで、今日はアーシャを紹介しに来ただけですか？」

「ああ、本題を忘れるところだった。アーシャに下界の様子を見せてやりたくて、ここに連れてきたのだ」

「え……？」

話題が自分のことに移り、目を瞬かせる。

「父君の容態を気にかけていただろう？　今すぐに帰してやることは出来ぬが、少し覗き見するくらいはさせてやれる」

「見られるのですか!?」

「今ディアが映し出してくれる。湖面を覗いてみよ」

アーシャは言われるまま、身を乗り出す。

じっと見つめていると、湖面に波紋が広がり、徐徐に何かが見えてきた。

「父様！」

湖面に映し出されたのは、寝台に横たわる父の姿だった。うなされているのか、目は瞑っているのに口はしきりに動いている。

「声は聞こえないのですか？」

アーシャはディアを見上げるが、答えは否だった。映像として下界の様子を見ることは出来るが、音声まで聞くことは叶わないらしい。

それでも、父の姿が見られただけで十分だった。

——ずいぶん瘦《や》せられた。

アーシャが最後に会った時よりも、病状が進んでいるように見える。息をするだけでも苦しそうだった。

——早く、薬を届けないと……！

薬を届ければ、きっと病を克服してまた国王として民を導いてくれる。

父のため、ひいてはマクベルダ王国のため、アーシャはなんとしても薬を完成させて届けなくてはいけない。

「アーシャ、薬作りはどのくらい進んでいるのですか？　……見たところ、あまり時間は残されていないようですが」

「まだ、材料を集めている段階です。何をどのくらい集めたらいいのかもわかっていない状態だったので……」

アーシャの言葉を聞いて、ディアがガイに冷たい視線を送る。

「ウィシュロス、あなた薬の作り方を教えてあげてないんですか？」

「教えるつもりだ。ここから帰ったら」

「もっと早く教えてあげればいいものを！　アーシャの気持ちを考えなさい」

「それについては、考えが足りなかったと十分反省している」

「気がつくのが遅いんですよ、あなたは」

ディアはこめかみの辺りを押さえ、ふう、とため息をつく。そしてガイと話す気が失せたのか、アーシャに向き直る。

「アーシャ、よく聞きなさい。薬の材料は三つ。南の花園にいる妖精の好物である花の蜜、東の草原に住むユニコーンのたてがみ、北の山に生息するドラゴンの爪、それらを細かく砕いた後、この湖の水を沸かして溶かすのです」

「ありがとうございます……！」

思いがけず、ディアから薬の材料と作り方を教えてもらい、アーシャは心から礼を述べた。

しかし、それがガイには面白くなかったようだ。ふてくされたような顔で「私が教えると約束していたのに」とディアに文句を言った。

「誰が教えても同じでしょうが。さあ、アーシャ、もうすぐ日が暮れる。今日は家に戻りなさい」

「はい、ありがとうございました」

「ウィシュロス、拗《す》ねてないで、アーシャをちゃんと送り届けなさい」

「わかってる」

ガイはまるで子供のようにぶすっとした顔をしながらも、ユニコーンを呼び寄せた。

「あれ？　ガイの背に乗せてくれるのではないのですか？」

「あの姿ではそなたを支えてやれぬから、うっかり振り落としてしまいそうで、気が気でなかったのだ。ルイの背に共に乗っている方が危険が少ないだろう」

「……そうですか」

またあの毛皮に包まれたいと思っていたアーシャは、少しがっかりしてしまう。

その時、ガイとアーシャの会話を聞いていたディアが首を傾げた。

「『ガイ』とは？　聞き慣れない名前ですが」

ガイは満面の笑みでディアを振り返り、自慢するように話し始める。

「良い名だろう。アーシャにつけてもらったのだ」

「新しい名をですか？」

「違う。アーシャだけが呼ぶ私の名前だ。だからすまないが、ディアには呼ばせることは出来ない」

ディアは「なんでまたそんなものを……」と怪訝《けげん》そうな顔をしていたが、ニコニコと笑うガイを見て、フッと穏やかな息を吐いた。

「ちっともすまなそうな顔をしていないじゃないですか」

「ふふ、羨ましいのか？」

「違いますよ」

ディアは、やれやれと言うようにまたため息をつき、踵を返してさっさと滝の奥へと戻っていってしまった。

ディアのそんなつれない態度にも慣れているのか、ガイはアーシャをルイの背に乗せ、自らも跨がった。

ユニコーンは木々の間を縫うように走り抜け、アーシャたちは石造りの家へと帰ってくる。

「ああ、そうだ。これを」

ガイは別れる前に、懐から布地を取り出し、差し出してきた。

それはアーシャのためにガイが袖を破ってしまった衣だった。

――そうだ、これを受け取りに神殿に行ったんだった。

北の山で色々なことがあったから、うっかり忘れていた。

アーシャがそれを受け取ると、ガイは家に上がることはなくそのまま北の山の神殿に、ヒューもねぐらに帰っていった。

アーシャも明日に備え、早めに床につく。

今日はいつにも増して、刺激的な一日だった。

最後にはディアにも会えて、薬の材料を知ることが出来た。

ガイは少し人の気持ちに鈍感なところはあるものの、アーシャの不安を少しでも晴らそうと、下界の様子を見せてくれた。

悪い人ではないのだ。

花嫁としてリリスに行くことが決まった後、獅子の姿をしている神に対し、恐れを抱いた。

けれどそれは杞憂で、ガイはとても優しく接してくれた。

確かにディアが指摘したとおり、自分たち人間とは少し感覚が違っているようにも思うが、彼は神様なのだからそれも当然だろう。

アーシャは短い付き合いながらも、行動を共にするうちにガイのことを知り、神として崇めるだけではなく、親しみを覚えるようになっていた。

そこでアーシャは、ガイがもし人の姿にならず獅子の姿のままだったら、今のような関係を築けていたかと考え始める。

言葉を話すとはいえ、あの厳かな空気に飲まれ、気軽に声をかけられなかったかもしれない。もちろん彼の身体に触れることも出来ず、あのフサフサの尻尾にどれほど癒されるかも知らぬままだっただろう。

アーシャは今日触れたガイの感触を思い出し、無意識に口元を緩める。

獅子の姿のガイの身体はどこもかしこも毛並みが滑らかで、肌に心地良かった。尻尾を始め、あの触り心地は癖になりそうだ。

そんなことを考えているうちに、アーシャは幸福感に包まれたまま、ゆっくりと眠りの世界へと誘われていった。

＊＊＊＊＊

北の山を訪れた次の日。

アーシャはやってきたガイとヒューと共に、南の花園に向かった。

そこで昨日ディアに教えてもらった花の蜜を探し始める。けれど、花はたくさんあるものの、どれが妖精の好物かはわからない。

アーシャが困っていると、ガイが手を貸してくれた。

「妖精たちに聞いてやろう」

ガイはそう言うと天に向かって人差し指を差し出し、それを一度クルリと回転させた。

するとどこからともなく、小さな女の子の姿をした羽の生えた妖精が現れ、ガイの指に腰を下ろす。

「ガイが呼び寄せたのですか？」

「いや？　そなたたちには見えなかったのだろうが、先ほどからここにいた。妖精は自分の姿を見えなくすることが出来るのだ」

ガイは小さな妖精に同意を求めるように視線を送る。

「花の妖精エリスよ、私のアーシャを助けてくれぬか？　ほんの少し、花の蜜を分けてほしいのだ」

エリスと呼ばれた妖精は、少し迷っているようだったが、ガイの願いを無下には出来ないようで、「ついてきて」と言っているかのようにガイの指から飛び立ち、蜜のある場所へと案内してくれた。

小川の横に広がる、絨毯のような赤い花畑。

その赤い花の蜜が、薬の材料になるという。

「どうやって蜜を集めるのでしょう？」

蜜をもらうためだけに花を手折《たお》るのは気が引け、ガイに尋ねる。

ガイはアーシャのその気持ちを察し、手を伸ばすとお辞儀をさせるように花を少し傾け、滴る雫《しずく》をこぼさぬよう持参した壺に入れる。

「やってみるか？」

「はい」

アーシャは壺にいっぱいになるまで、花の蜜を集めた。

「このくらいあればいいでしょうか」

「ああ。十分だろう」

しっかりと壺の蓋《ふた》を閉めてから、蜜を集める様子を見ていたエリスに心から礼を言う。

「花の蜜をありがとう」

エリスは壺にチラリを目線をやると、「やっぱり返して」と言うようにしがみついてきた。アーシャは困り顔でガイに助けを求める。

ガイも苦笑しながら、エリスを宥め始めた。

「エリス、まだ蜜はたくさん残っておる。少しだけアーシャに分けてくれ」

エリスは渋々といった様子で壺から離れてくれた。

アーシャはもう一度エリスに礼を言ったが、彼女は残念そうな顔でそのままスウッと消えてしまった。

「……もう少し遠慮すれば良かった」

独り言を呟くと、ガイは後悔しているアーシャを励ますように頭を撫でてきた。

「こんなにあるのだから、大丈夫だ。そう気に病むことはない」

それでも、エリスの悲しそうな顔が頭から離れない。

その時、あることを思いついた。

「今日はこのまま帰ってもいいですか？　薬の材料集めは、また明日にしても？」

「かまわぬが……。急いで薬を作りたいのではないのか？」

「その前に、一つやりたいことが出来たんです」

ガイは不思議そうな表情で首を傾げたが、反対はしなかった。

アーシャはそのまま家に戻ると、蜜の入った壺を台所に持っていき、棚から小麦粉と油を取り出す。

「何をするのだ？」

ガイはアーシャが何を始めるのか気になったらしく、神殿には帰らずに家の中に入ってきた。台所に立つアーシャの手元を後ろから覗き込み、興味深そうに質問してくる。

「料理か？」

「焼き菓子を作るんです」

「菓子？　何のために？」

「エリスにお礼をしたいんです。大切な蜜を分けてもらったお礼を。この蜜、薬作りにはどのくらい必要なんですか？」

ガイは深皿に壺の中身の半分ほどを取り出し、手渡してきた。

「このくらい残せば足りる。器に出した蜜は好きに使っていい」

アーシャは味を見るため、指先で蜜をすくって舐める。少量だというのに、ずいぶんと濃密で甘い。この甘さなら、砂糖は足さなくても大丈夫だろう。

小麦粉に油と蜜を入れ、生地がまとまるまで手でこねる。一塊になったところで、生地を小さくちぎり、丸めて鉄板に置き潰して伸ばす。その作業を、生地がなくなるまで繰り返した。

「後は、これを火の上に乗せて焼けば完成です」

「ずいぶん手際がいいな。よく作るのか？」

ガイは感心しているようだった。

アーシャは「実は」と種明かしをする。

「これは僕が唯一作れるお菓子なんです。小さい頃に多忙な父に何かしてあげたくて、侍女に相談したら、お菓子を手作りして差し入れてはどうかと提案されて。作り方も簡単なので、それから頻繁に作るようになったんです」

国王の父は、后《きさき》であるアーシャたちの母を亡くしてからは、その悲しみを紛らわすかのように、以前にも増して政務に励むようになった。

そのため、子供たちと過ごす時間もなかなか取れず、末子の幼いアーシャはそれが寂しく、なんとか父に会いたいと思い、その口実に菓子を差し入れるようになった。

菓子を運んでいった時だけは、父も仕事の手を休め、一緒にお茶をしてくれた。

それが嬉しくて、何度も何度もこの焼き菓子を作って父の元に運んだのだ。

アーシャにとって、父との思い出が詰まった菓子だった。

菓子が焼き上がるのを待つ間、アーシャは昨日、ガイから渡された衣の繕いを始める。

ガイは、アーシャがヒューの指導の元、初めて触る針と糸に悪戦苦闘しながら破けてしまった袖を縫いつけていく様子を、食卓の向かいの椅子に腰かけ、頬杖をついて見ていた。

その後、なんとか衣の繕いを終え、ガイに袖を通してもらった。縫いしろを広く取りすぎたせいで、片方の袖だけずいぶん短くなっていて、見た目が不格好になってしまった。

アーシャはやり直すと言ったのだが、ガイはとても嬉しそうな顔で「これでよい」と言い、結局その衣を脱いではくれなかった。

そうこうしている間に菓子も焼け、焼きたての菓子を綺麗な紙に包み、明日、エリスのところへ寄って届けることにした。

＊＊＊＊＊

「エリス、どこにいるの？　姿を見せて」

翌日、予定どおりにガイと東の草原に向かう途中で、花園に立ち寄った。

エリスはまた姿を消しているのか、アーシャには彼女の姿が見えない。

それでも何度か呼び続けると、花の陰からエリスがひょっこり顔を覗かせてくれた。

「エリス、昨日は蜜を分けてくれてありがとう。これを君に持って来たんだ」

袋の中から一つ、丸い形をした焼き菓子を取り出し、エリスに差し出す。

最初は警戒したような顔をしていたエリスも、菓子から大好物の花の蜜の匂いがすることに気づいたようで、手に取って一口食べてくれた。口に合ったのか、エリスの顔がパアッと華やぐ。

人間なら三口ほどで食べてしまえる焼き菓子を、身体の小さなエリスは両手で抱え、パクパクと食べていく。

「良かった。まだあるからね。お友達と食べて」

アーシャは袋に入った焼き菓子をエリスの近くに置く。すると様子を見ていたらしい他の妖精たちがワーッと寄ってきて、あっという間に袋の中は空になった。どの妖精たちもおいしそうに菓子を食べている。

ちゃんとお礼が出来たようで、ホッと胸をなで下ろした。

菓子を食べ終わる頃を見計らい、アーシャは草原に向かおうと進み始める。するとエリスが宙を飛んでやってきて、ガイに何か話しているようだった。

ガイはエリスの話を聞き終わると、「アーシャに礼を言っている」と通訳してくれた。

「それと、これからはいつでも蜜を取りに来ていいと言っている。代わりにまた菓子を焼いてほしいそうだ」

「わあ、ありがとう。また必ずお菓子を作って持ってくるよ」

エリスはアーシャのその言葉に、コクンと頷くと、妖精たちの群へと戻っていった。

「さて、東の草原に向かうとするか」

ガイに促され、ユニコーンの生息している草原へ移動する。

今日の目的は、ユニコーンのたてがみを分けてもらうこと。

今乗っているユニコーンのルイにたてがみをもらおうとしたのだが、ガイが言うには、ユニコーンの中でも赤い瞳を持つ者が、特に強い力を持っているらしい。赤い瞳のユニコーンは希少で、ほとんどの者がルイと同じ、青碧《せいへき》色の瞳をしているそうだ。

そのため、より効果のある薬を作るために、赤い瞳のユニコーンのたてがみを分けてもらうことになったのだ。

アーシャはルイの背で揺られながら、草原を目指す。

「アーシャ」

「はい？」

ふと名を呼ばれ背後を振り返ると、慈悲深いガイの瞳と視線が交わった。

「エリスにも気に入られたな」

「お菓子のおかげです」

「それだけではない。そなたは感謝の気持ちを大切にしている。その心が相手に伝わったのだろう」

「何かをしてもらったら、お礼するのは当然です」

「そなたは王族という、恵まれた環境で生まれ育ちながら、謙虚な気持ちを忘れていないのだな。その思いを大切にするがよい。そなたのそういう心根の優しいところを、私は好ましく思う」

「……ありがとうございます」

手放しで褒められ、アーシャは嬉しいけれど照れくさくなる。

自らの創った世界を見守り、そこに住まう全ての者を愛する、神様であるガイ。

誠実で、常に穏やかな笑みを絶やさない彼の傍にいると、心が洗われていくような気がする。

「着いたぞ」

アーシャが物思いに耽《ふけ》っているうちに、草原に到着した。

さっそくユニコーンを探そうとするヒューとガイを引き留め、アーシャは家から持ってきた敷布を広げ、焼き菓子の残りと、飲み物を入れた筒と食器を並べ、お茶の用意を始める。

「少し、休憩しませんか？」

ガイとヒューは互いに顔を見合わせ、不思議そうな顔で首を捻る。

「ガイとヒューにも、薬作りに協力してもらっているお礼がしたいんです」

アーシャがそう伝えると、二人はようやく納得がいったようだ。

ガイは、それならと敷布に座り、焼き菓子に手を伸ばす。ヒューは初めて食べる菓子を警戒しているのか、しつこいくらい匂いを嗅いでいた。

「いただこう」

菓子を食べたガイの反応を、アーシャは不安な面もちで待った。

いつものとおりに作ったから、まずくはないと思う。けれど、食事を必要とせず、嗜好品として飲食をとるだけのガイに、こんな素人の手作り菓子を食べさせるのはいささか気が引けた。

けれど、ガイは皿に取り分けた菓子を「美味《うま》い」と言って全て平らげてくれた。

アーシャはお茶を飲みながら、胸をなで下ろす。

「召し上がっていただけて、良かったです。お口に合うか不安だったので」

「むっ！　けっこういけるぞ、アーシャ！」

「ヒューにも気に入ってもらえて良かった」

ヒューもようやく食べ始め、ポロポロとカスをこぼしながら口いっぱいに頬張っている。

まるで小さな子供のようなヒューの姿に、クスクスと笑みが漏れる。

その時、斜め横に座るガイに呼びかけられた。

「アーシャ」

「はい？」

「もう一度、謝罪させてほしい」

「何をですか？」

「薬の材料を、すぐに教えなかったことをだ。……すまなかった」

「ガイ………」

急にどうしたのだろう。

アーシャがガイを見つめると、彼は自嘲《じちょう》するかのように口元を歪めた。

いつもは自信に溢れたガイの、弱さを窺わせる表情を目にし、アーシャはドキリとしてしまう。

「一昨日、そなたは私に聞いてきただろう？　リリスに召し上げる者をどうやって決めたのかと」

「はい。ガイは『私と同じだったから』とおっしゃいましたね」

ガイは「ああ」と言い、瞳を伏せた。その顔はとても深い悲しみを湛えているように見えて、胸がザワザワと騒ぎ出し、落ち着かない気持ちになる。

「私は下界を創造した神だ。……始まりは一匹の蝶だった。それから少しずつ環境を整え生物を増やし、世界をにぎやかにしていった。けれど、下界に住まう者が増えれば増えるほど、私は自分が孤独だということを実感していった。私は一人で雲の上。下界を見下ろすばかり。だから、このリリスを創ったのだ。ヒューもそうだが、リリスの門番のダラムとディールのように、その賢さゆえに同族に馴染めず、孤独だった者を集めてな」

でも、とガイはさらに続ける。

「私と同じように孤独を感じていたはずのリリスの

住民たちも、結局、私とは距離を置く。それが敬意から来るものだとわかってはいるが、寂しいと感じてしまう。唯一ディアは私に気安く声をかけてくれるが、彼もまた、私の心に長年巣食った孤独を満たす存在ではなかった」

アーシャはチラリとヒューを見やる。

ヒューはしきりにガイと行動を共にすることを遠慮していた。それはヒューに限らず、リリスですれ違う者たちもそうで、ガイの気配を感じると、それまでおしゃべりをしていた者もピタリと口を閉ざし、ガイが行き過ぎるまでその場に身を低くしていた。

ガイのことを、決して嫌っているわけではない。先日、ヒューも言っていたが、リリスの住民は皆ガイに感謝し、彼を敬愛しているはずだ。けれど、神様のガイはその絶対的な存在ゆえに住民に一線を引かれてしまっているのだろう。

それは地上でも同じこと。

ガイは神様として崇められているが、神様に人格があるなどと考える者は誰もいなかった。

そして、それはアーシャも同じだった。

こうして気安く会話が出来るようになっても、やはり心のどこかでガイは神様なのだから、と遠慮している部分がある。

そうした気遣いに、ガイは疎外感を感じていたのかもしれない。

「最初に花嫁にした者も、私と同じように孤独な娘だった。王の娘だというのに、首の後ろに大きな痣があったことで気味悪がられていた。嫁のもらい手もなく、彼女自身、痣を人に見られることを嫌って、王宮の奥に籠もっておったのだ。私はそれを偶然知り、下界で寂しい思いをしている彼女を救ってやろうと、花嫁にしたのだ」

花嫁の儀が始まったのは、そういった事情があったからなのか。

王宮の文献を読みあさってもどこにも書かれていなかった事実を知り、アーシャは認識を改めた。

ガイは見返りがなければ救いの手を差し伸べない、強欲な神などではなかったのだ。

他者の孤独を理解し、悲しみから救ってくれる神様だった。

「次の花嫁も腕に痣があり、やはり気味悪がられていた。だから、その者も成人したあかつきに花嫁として差し出すようにと告げたのだ。それ以来、痣のある者が花嫁となる決まりが、人間の中で出来たようだった。三人目の花嫁が来てからはたまたま痣のある者が生まれず、九百年も間が空いたがな」

ガイはアーシャを見つめ、もう一度「すまなかった」と頭を下げてきた。

突然頭を垂れたガイに驚き慌ててしまう。

「ガイ、どうして謝るのですか？」

「私は痣がある者は、下界では冷遇されるのだと思っていた。だから、痣の現れた三人目の娘を差し出された時も受け入れた。下界で一人寂しく暮らすより、リリスに来た方が幸せだと思ったからだ。九百年ぶりに痣がある子供……つまり、そなたが生まれたと知った時も、同じような目に遭うのだと思いこんでいた。でも、そなたは違ったのだな。目立つところに痣があっても、親兄弟に愛され、王宮内でも不自由なく暮らしていたというのに……。私はそれを知らなかったのだ」

「ガイ……」

いっそう顔を曇らせ、ガイは続ける。

「人間を創造した時、無意識のうちに痣を持つ者が生まれるようにしてしまったのかもしれない。最初に創造した蝶のように、ずっと傍にいてくれる者が現れるよう願って……。私のそうした身勝手な思いが、そなたの幸せを奪ってしまった。リリスに来なくとも、そなたは下界でも十分幸せな暮らしを送ることが出来ただろう。……すまない」

「謝らないでください。あなたは知らなかったのですから」

ガイは頭を緩く振った。

「そなたが皆に愛されていたのだということは、すぐに気がついた。ここに来る必要はなかったとわかった時に、下界に帰すことも出来た。だが、私はそれを言い出せなかった。……そなたに、ここにいてほしかったのだ」

ガイの手がアーシャの手に重なる。

ひんやりと冷たい手。

でも、氷のような冷たさではなく、水仕事をした後のローザの手のように、冷たさの中に温もりを感じる。

「私はずっと共に生きてくれる伴侶を探していた。この孤独を癒してくれる存在を求めていたのだ。アーシャよ、私はこんなに強く誰かを手離したくないと思ったのは、そなたが初めてなのだ。そなたといる時間が長くなるにつれ、その想いはどんどん増していった。私はな、アーシャ。そなたこそ私が探し求めていた伴侶なのだと思っている」

話しながら、重ねた手に指を絡めて握り込まれた。

痛みは感じないほどの強さ。けれど振り解くことは難しい強さで、手を握られる。

ガイの金色の瞳に、自分の姿が映り込んでいるのを見た瞬間、アーシャの胸が一際大きくドクリと脈打った。

――変だ。

ガイに触れられた部分が、とても熱い。火傷《やけど》してしまいそうなほどだった。

心臓も、これまでにないほど速く脈打っている。

頭が混乱して、よく考えられない。

言葉を忘れてしまったかのように、アーシャは意味もなく口を開いたり閉じたりした。

「アーシャ、聞いてくれ。私は嘘はつかない。それに、一度した約束を違えることもしない。そなたを未来永劫、愛していくと誓う。だから、アーシャよ。薬が完成したあかつきには、考えてくれぬか？　薬を届けた後、私の元に戻ってくることを」

「ガ、ガイ……」

「私の花嫁になってくれ」

「……っ！」

ガイがアーシャの指を持ち上げ、手の甲に口づける。

それは、ここにきた日にもされた求婚。

けれど、今はガイの想いが、その唇からアーシャの身体に流れ込んでくるような、熱をはらんだ口づけだった。

――ガイは、本気で僕を花嫁に……？

それは、花嫁の印の痣を持っているからではなく、アーシャだから求婚してくれているということか？

他の誰でもない、自分を伴侶にと……。

顔が熱い。

全身が熱を帯びている。

ガイの二度目の求婚は、驚きと戸惑いをもたらしたものの、嫌ではなかった。

そしてアーシャは、ガイに求婚されて嫌だと思っていない自分に、さらに驚いた。

だが、花嫁になるということは、ここでガイと暮らすということだ。

地上には戻らず、ずっとガイと……。

王宮にいる家族や従者のことが頭を掠めた。

彼らはどんな思いでアーシャを花嫁として差し出したのだろう。

あの別れの日、皆泣いていた。

アーシャがいなくなった今も、気落ちしているかもしれない。

彼らの気持ちを考えると、気軽にここにとどまるとは言えない。

それに今はまだ父のことが気にかかっていた。

――父様の病を治して、全てはそれからだ。

薬を作り終わったら、改めて自分の気持ちと向き合おう。

ガイの誠実な告白には、しっかり考えて返事をしたかった。

「……わかりました。薬を作り終わって、父の病が治ったら、改めて考えます。それまで返事を待っていただけますか？」

アーシャがそう伝えると、ガイも了承してくれた。

「承知した。焦らずともよい。私には時間がたっぷりあるのだからな」

いつもの柔らかい笑顔を向けられ、アーシャも身体から緊張を解く。

「さて、菓子も食べたことだし、ユニコーンを呼び寄せよう」

ガイは立ち上がると、指笛を吹いてユニコーンたちを呼んでくれた。

すぐさま四頭のユニコーンが、草原の彼方からこちらに向かって駆けてくるのが見えた。彼らはアーシャの姿を発見すると足を止めてしまったが、ガイとルイも共にいることを確認し、歩調を緩めながらも傍まで来てくれた。その中には、赤い瞳を持つユニコーンの姿もある。

　ガイは目当てのユニコーンに、たてがみを分けてくれるよう、交渉までしてくれた。ユニコーンはアーシャを、その紅玉のような不思議な色の瞳でじっと見つめた後、小さく嘶いた。

「アーシャ、少しならたてがみを切ってもいいそうだ」

　ガイに通訳してもらい、アーシャは持ってきたナイフでユニコーンのたてがみを一房切り落とす。サラサラとした手触り。まるで絹糸のような美しいたてがみだった。

　アーシャは風に飛ばされぬよう、たてがみをすぐに布袋の中にしまうと、これもまた事前に用意していた櫛を取り出す。

「綺麗なたてがみを分けてくれて、ありがとう。お礼に櫛でとかさせてもらえる？」

　ガイを通してユニコーンに許可を取ってもらい、櫛で毛を梳く。

　元々が美しい毛並みなのだが、やはりたてがみはその長さゆえ、所々絡まっていた。それを丁寧に解し、梳いていく。

「うん、完成」

「おお、さらに美しくなったぞ。良かったな」

　ガイも毛並みを整えられたユニコーンを見て、相好を崩す。

　ユニコーンも気持ち良かったようで、アーシャに鼻先を擦り付けて感謝の意を伝えてきた。

　ユニコーンたちとはそこでお別れし、今日の材料集めはこれで終了した。

　その日もガイに家まで送ってもらい、明日は最後の材料となる北の山のドラゴンの元に赴く約束をし、解散した。

王宮にいた時に、手習いでいくつかの楽器を習っていたが、肝心の楽器が手元にないのだ。

「楽器がないから、演奏は……」

「楽器？　楽器なら神殿にあるぞ」

ガイにそう言われ、神殿に向かう。

先日、茶を振る舞われた部屋を通り過ぎた先の一室に案内された。

その部屋は音楽室として使われているようで、アーシャが触ったことのある楽器の他に、書物でしか見たことがない古代の楽器まで、ずらりと並べられている。

「ガイが集めたのですか？」

「いや、これらは皆、下界から献上されたものだ。月に一度、ケプト山脈の聖堂にそなたら人間が私にと置いていくであろう。そういったものは、双子の門番が私の元へ持ってきてくれるのだ」

＊＊＊＊＊

「わぁ、ありがとうございます！」

ドラゴンの里を訪れたアーシャは、快く爪を分けてもらうことに成功した。

ほんの先っぽの欠片《かけら》なのだが、元が大きいドラゴンの爪は、用意してきた皮袋になんとか収められるような大きさだった。

アーシャがドラゴンにもお礼がしたい旨を申し出ると、ガイを通して「音楽が聞きたい」との希望を伝えられた。

「音楽……」

アーシャは少し困ってしまった。

アーシャは自身がリリスに連れてこられた時のことを思い出した。

これまであの神殿に捧げられた献上品の数々も、同じようにダラムとディールがガイの元へと運んでいたようだ。

「楽器だけではないぞ。私やそなたが今着ている衣も、贈られた布地から侍女が作ったものだ。そなたの家にある塩や砂糖なども、リリスでは手に入らない物。下界からの献上品は、ありがたく使わせてもらっている」

家臣の中には、ずいぶん長い年月、姿を現していない神への献上品など不要ではないか、と月に一度の供物を取りやめにしようと言う者もいた。

けれど、こうして神であるガイの元に確かに送り届けられ、なおかつリリスに住まう者の役に立っていると知り、アーシャは太古より続いている献上制度にもきちんと意味があったのだと知り、王族の一員として誇らしく思った。

「そういえば、ずっと疑問だったのですが、どうして白い衣服しか着ないのですか？　僕に用意されていた服も、腰紐以外は白でしたし」

「白い布地しか、献上されぬからだ。昔は技術が発達しておらなかったから、布地を白くすることが容易ではなかった。どうしても色が混ざってしまい、それを誤魔化《ごまか》すために、刺繍をしたり、もっと濃い色に染めたりしていた。だから白は最上の色とされ、今も私への献上品は白い布地なのだろう」

そこでガイは自身の衣に触れ、ぽつりとこぼした。

「だがここ数年は、少し品質が変わったな。献上品の種類も以前とは違うものになった」

アーシャはガイの言葉に首を傾げる。

王国では月ごとに神へ献上する品物が決められて

いる。それにはきちんとした理由があると聞いていたし、近年、項目や品質に変更があったという話も報告されてはいなかった。

ガイは手近にあった古来の竪琴《たてごと》を手に取ると、椅子に腰かけた。

「アーシャも好きな楽器を取るがよい。私はこれを」

「ガイもドラゴンへのお礼に演奏してくださるのですか？」

ガイはアーシャを見上げ、柔らかく微笑む。

「これはそなたのために」

ガイはそう言うと、半楕円《だえん》形の本体に七本の弦が張られた竪琴を左手で抱え、右手の指でつま弾《はじ》く。

繊細な弦の音色が室内に流れ始めた。

ガイが演奏してくれたのは、聴いたことのない曲。その音色は、どことなく郷愁を誘われる、懐かしく優しいものだった。


アーシャは美しい音色に耳を奪われ、感嘆の息を漏らす。

「どうだ？」

一曲弾き終わると、ガイが尋ねてきた。

あまり音楽に詳しくはないが、それでもガイの腕前が確かなことはわかった。

「もう一曲、聴いてみたいと思うほど、素晴らしい音色でした」

アーシャの偽りのない賛辞に、ガイは含み笑いをする。

「そなたが望むのなら何曲でも弾いてやりたいところだが、残念ながら私はこの一曲しか弾けぬのだ。私には音楽の才はあまりないようでな、一曲弾けるようになるだけで精一杯だった」

「そうなのですか？」

ガイは手慰めのように弦を軽く弾きながら、昔を懐かしむような瞳で竪琴を見つめる。

「三人目の花嫁に教わったのだ。彼女はこの竪琴の名手で、リリスに来る時に下界から持ち込んで、私の前でも時折演奏してくれていた」

何事か思い出したのか、ガイは一度口を閉ざした後、悲しそうな瞳で話し出した。

「痣があるためか、周りの目をひどく気にする娘だった。けれどこの琴を弾いている時だけはとても穏やかな顔をしていた。彼女は手の甲に痣があって、いつも布を巻いて隠していたな。痣など気にすることはないと言っても、決して見せようとはしなかった。……彼女が奏でる琴の音は、とても美しいけれど悲しみを帯びたものだった」

おそらくガイは、その花嫁のことを想い心を痛めているのだろう。

アーシャが怪我をした時も、我がことのように思ってくれていたから。

それはガイの優しさだとわかっているが、アーシャの胸にもやもやとした感情がこみ上げてくる。

ガイの心に他の花嫁との思い出があることが、嫌だと思ってしまった。

アーシャは己のそんな感情に気づき、自分の身勝手さを恥ずかしく思った。

醜い考えにとらわれた自分を見られたくなくて、そっと俯く。

するとガイが手を伸ばし、左の頬に優しく触れてきた。

「私はな、アーシャ。そなたたち花嫁の持つ痣を、美しいと思っておる。アーシャの頬に浮かび上がる痣を見た時も、とても美しいと思った。その痣はそなたに良く似合う」

――なんだろう。これまでと違う気がする。

ガイの眼差しに、これまでになかった熱が籠もっている気がした。

見つめ合っているとその熱が伝染したかのように、アーシャの顔を赤く染める。

「ああ、浮かび上がってきた。美しい、私の花嫁の証だ」

ガイはうっとり呟くと、突如として距離を詰めてきて、今度は唇で頬の痣に触れてきた。

アーシャが身を引いたことでそれは一瞬の出来事となったが、雷に打たれたかのような衝撃が触れられた部分に走った。

「ガ、ガイっ」

「ふふ、痣がもっと濃くなったぞ」

アーシャは、楽しそうに笑うガイから痣を隠すように手で押さえ、楽器を選ぶふりをしながら背を向けた。


——痣を美しいと言われたのは、初めてだ。

これまで父からは「幸運の証」や「神に愛された証」とは言われてきたが、同時に、「人には見せないように」とも言われていた。それはアーシャを神の花嫁にしないための父の愛情だったのだろう。

アーシャは理由は知らないまでも、父の言いつけを守り、人前では痣が出ないように注意していた。

身近な者には周知のことだったが、痣について触れないように告げられていたのか、たとえ見られても、それについて何か言ってくる者はいなかった。

アーシャ自身も時々忘れていることがあるくらいだったので、これまで痣のことは大して気に止めていなかった。

だから、こうして誰かに痣を褒められるのは初めてのこと。

ガイに美しいと言われキスまでされた時、戸惑ったものの嬉しいと感じた。

不思議と以前よりも痣に愛着が湧いてきている。痣があって良かったとすら思う。

この痣があったから、花嫁としてリリスに来ることが出来たのだから。

おかげで父の病を治す薬を作れる。

最初、自分が花嫁になると聞いた時は驚き、花嫁は二度と地上に帰れないと知った時も愕然としたものだが、リリスでの生活は想像していたよりもずっと平穏なものだった。

神様であるガイも優しくしてくれる。

ガイに出会うきっかけとなったこの痣は、本当に幸運の証だと感じ始めていた。

——このまま、ここで暮らしてもいいかも……。

アーシャはふとそんなことを考えた。

まだ迷いはあるが、ガイの傍にいる生活はきっと楽しいと思う。

そこまで考えた時、アーシャの頭にある懸念が浮かんだ。

——僕は神様の花嫁に相応しい人間？

ガイは、痣を持ち、しかもそれを気にかけないアーシャを気に入ってくれたようだが、それだけで彼の伴侶になってもいいのだろうか。

アーシャは幸いにも男だったので、痣のことをあまり気にしなかっただけ。女性だったなら、時々とはいえ、顔という目立つところに痣が浮き出るたびに憂鬱な気分になったかもしれない。

周囲の人にこれまで痣があることで悪く言われることがなかったのも、幸運だっただけ。

他の花嫁たちと違い、アーシャが明るく笑えたのも、そうした環境で育んでもらったからだ。

アーシャの力によるものではない。

蝶の痣も生まれつきのものだ。

——僕は、ガイに何をしてあげられるだろう……。

楽器は弾けるけれど、名手というほどではない。料理も菓子作りも出来るけれど、人並み以下だと思う。裁縫だってこの間初めてしたけれど、繕いもの一つまともに出来なかった。

——何も、ない……。

ガイの花嫁となるに相応しいような特別なものを、自分は持っていない。

もし女性だったら、違ったかもしれない。

男性のガイを愛し、彼に愛されることを、もっと素直に受け入れられた。

けれどアーシャは男で、それゆえ、彼に請われるまま伴侶となっていいものか、迷いが生じていた。

そもそも、ガイは男のアーシャで満足するだろうか？

これまでの花嫁たちは皆女性だったから、男のアーシャが珍しいだけかもしれない。けれど、いつか「やはり女性の方が……」と言われるかもしれないではないか。

脳裏に、リリスに来て初めて彼と対面した時に言われた言葉が過《よぎ》った。

アーシャがなぜ獅子の姿のままでいないのか、と問うた時、ガイは「人間の嫁を娶るのだから、人間の姿でないと不都合がある」と言っていた。

それはつまり、肉体的な結びつきも求めているということではないか？

アーシャは女性との交わりの経験はなかったが、知識として、夫婦が何をするかは知っている。

だからガイが夫婦となったあかつきにそういったことを求めてきても、なんら不思議はない。

果たして、ガイの望むことを男の自分はしてあげられるだろうか……。

女性と違う身体に、ガイは満足してくれるのか？

アーシャはだんだん不安になっていった。

そして同時に、かつての三人の花嫁たちのことが気になり始めた。

ガイは彼女たちと、どのような日々を送っていたのだろう。

彼女たちは、ガイの求める伴侶にはなり得なかったようだが、いずれにしても花嫁として、彼に大切にされながら生涯をリリスで過ごしたはずだ。

ガイは神様というだけあって、とても美しい人。加えて穏やかで優しく、そんな彼に花嫁にと望まれたのなら、無下には出来ないだろう。

ガイは真の意味での伴侶と思っていなくとも、彼女たちは違ったかもしれない。

優しく美しい神様を、愛していたかも……。

それにガイは、彼女たちにもアーシャにしたように、求婚したのだろうか？

先ほどのように、痣を美しいと褒め、キスを贈ったのだろうか。

ガイが他の誰かに触れるところを想像してしまい、気持ちが暗く沈んでいく。

「アーシャ、どうした？」

「ガイ……」

楽器を前に暗い顔をしていると、ガイが心配そうに声をかけてきた。

優しいガイ。

誰にでも好かれる神様。

アーシャはいつしかその神様を、自分だけのものにしたいと思い始めていた。

——どうして、こんなことを考えてしまうんだろう……。

優しくされたから？　会うたびに言葉を尽くされたから？

どれもそうであって、どれも違う気がした。

ガイは神様だ。

けれど、時々、神様らしからぬ顔をする。

まるで普通の人間と話しているような、そんな錯覚にとらわれることがあった。

神様だからといって、完璧じゃない。

人間のように感情があり、思い悩むこともある。

それを、ガイは話してくれた。

自身の孤独をアーシャに打ち明け、そして共に生きてほしいと言ってくれた。

そう、自分の弱さを素直に見せられるガイに、アーシャは心を動かされたのだ。

けれど、それを認めてしまえば、もう戻れなくなる。アーシャは、まだ地上に未練があった。父にも姉にも兄たちにも、恩返しが出来ていない。また彼らに会いたかった。

それでも、自身の心に芽吹いた気持ちに気づいてしまった。

そしてそのきっかけが、先ほどのガイの言葉。

自分以外の者への気遣いが窺える言葉に、アーシャは嫉妬した。

私の花嫁、と言っておきながら、他の花嫁にも同じことを言ったのではと思ったら、途方もない悲しみが胸に渦巻いた。

——恥ずかしい。

ガイが自分だけを真っ直ぐに見つめてくれて、それを当然だとどこかで思っていた。

思い上がりもいいところだ。自分は何て傲慢だったのだろう。

なぜそんなふうに思えたのか……。

自分には、何の取り柄もないのに。

花嫁の証である痣がなければ、神に愛してもらえる価値がある人間ではないのに……。

「アーシャ？」

呼びかけても沈んだ表情のまま、理由を語らないアーシャを不審に思ったのか、ガイが肩に手を置こうとしてきた。

アーシャは混乱して、その手をつい振り払ってしまう。

その瞬間、ガイの手をはたき落とした乾いた音が、室内に反響した。

「アーシャ？」

「あ……」

ガイの驚いた顔。

アーシャは自分でもなぜそんな態度を取ってしまったのかわからなくて、言葉に詰まる。

「……顔色が悪いぞ。少し休もう」

ガイは、優しかった。

失礼な態度を取ってしまったというのに、怒りもせず優しく笑いかけてくれる。

どこまでも花嫁には甘く、優しい神様。

でも、彼の花嫁は自分だけではなかった。

「っ……！」

アーシャはいても立ってもいられなくなり、衝動的に駆け出した。

そのまま神殿を出て、長い階段を下っていく。

「アーシャ!?」

途中、ガイに名前を呼ばれた気がするが、一度も振り返ることなく北の山を降りた。

「はぁ、はぁっ」

山を降りてからも走り続け、ついに体力が尽きたところで地面に倒れ込む。

「おわぁっ！」

「あっ！」

胸元から変な声が聞こえ、アーシャは慌てて仰向けになる。

「ご、ごめんっ。ヒュー」

「潰れるかと思った……」

いつもはアーシャの肩が定位置のヒューだが、最近は振り落とされる危険を感じると、自分から服の中に潜ってくるようになっていた。今もアーシャが全速力で駆け出した時に、いつの間にか服に入ってきていたのだろう。

アーシャもガイから離れることで頭がいっぱいでヒューのことにまで気が回っていなかった。

ヒューは寝転ぶアーシャの胸の上に乗り、気遣わしげな声で聞いてきた。

「どうしたんだよ、アーシャ。急に走り出して……。まだドラゴンへのお礼もすんでないのに」

そうだった。

ドラゴンから爪を分けてもらった礼をしていない。楽器を持ってこなかったから、一度戻らなければいけないが、逃げるように飛び出してきた今、ガイに合わせる顔がなかった。

アーシャはドラゴンのことが頭にひっかかりながらも、何も行動に移す気が起きず、腕でそっと目元を覆う。

「アーシャ？」

ヒューが心配している。

何でもいいから、言わないと。

そう思ったけれど、何も頭に浮かんでこない。

「アーシャ、具合でも悪いのか？」

「……違う」

「じゃあ、どうした？」

「………」

「俺には言えないことか？」

言えないのではない。

ヒューが知っているのは、九百年前の三人目の花嫁のことだけ。

アーシャが知りたいのは、その前の二人のことも だった。

それを説明しようとしたのだが、その前にヒューが悲しそうに瞳を揺らし、思ってもいなかったことを言い出した。

「俺がハリネズミだから、相談相手にならないのか？」

ヒューが誤解していることに気づき、アーシャは慌てて起きあがる。その拍子に、丸くなったヒューがコロコロと転がり落ちていった。

「ヒューっ」

「急に起きあがるなよ！」

「ごめん」

アーシャはヒューを手の平に乗せる。

「ヒューは僕の一番の友人だ。ハリネズミだとか人間だとかは関係ない。本当はヒューに話を聞いて相談もしたいんだけど、僕が知りたいのは、これまでの三人の花嫁のことなんだ。ヒューは一人目と二人目の花嫁には会ったことがないんでしょう？」

きちんと説明すると、ヒューはホッとしたような顔で「そうだったのか」と笑みを見せてくれた。

「それじゃあ、俺は力になれないな。……あっ、西の湖のディア様はどうだ？　ディア様なら、一番最初に創られた人間だから、リリスに来た花嫁には全員会っているはずだ」

「あっ、そうだね、ディア様ならご存知かもしれない」

アーシャの頭の中に、ディアの聡明な顔が思い浮かぶ。

ヒューの言うとおり、彼なら三人の花嫁全員に会ったことがあるだろう。ガイとも親しいから、ガイと彼女たちがどういうふうに暮らしていたかも教えてもらえるかもしれない。

アーシャはガイへの気持ちを自覚したものの、まだ彼に想いを伝えることを躊躇っていた。

どうしても、過去の花嫁たちの影がちらついてしまう。

何より、アーシャ自身、自分に自信が持てずにいる。

ガイの花嫁が自分でいいのかという迷いを消し、真からガイの花嫁になる覚悟を決められるよう、ディアの元を訪れ話を聞き、気持ちの整理をしたかった。


「行こう、ディア様のところへ」

「道案内は任せとけ！」

ヒューの言葉を頼もしく思いながら、二人は西の湖目指して歩き始めた。

しかしヒュー曰《いわ》く、徒歩での移動ではかなり時間がかかるらしい。到着は日暮れの頃になりそうだと言われた。

けれど、アーシャには他に選択肢はない。

ヒューを肩に乗せ、ディアに会うべく黙々と歩いた。

「アーシャ、もうちょっとだ。頑張れ」

「うん……」

——足が痛い。

さすがに半日、舗装されていない道を歩き続けるのは堪《こた》えた。足の裏にマメが出来ている気がする。

けれど今はそんなことよりも、早くディアに会って話が聞きたかった。ガイの求婚に誠実な答えを出すために……。

「ほら、見えてきた」

木々の間から、湖に流れる滝が見えた。滝の音もずいぶん大きく聞こえる。

ヒューの予想どおり、陽は今にも山の向こうに隠れそうになっており、辺りは徐々に夕闇に包まれ始めていた。

「ディア様、おられますか？」

ようやく湖畔に到着すると、休む間もなくディアの名を呼ぶ。

「その声は……アーシャですか？」

滝が二手に割れ、ディアがこちらに向かって湖面を歩いてきた。

湖のほとりに立つアーシャの前まで来ると、周囲を見渡す。

「ウィシュロスは一緒ではないのですか？」

「ヒューと僕だけで来ました。ディア様にお聞きしたいことがあって」

「こんな時間に？　ウィシュロスはあなたがここに来ていることを知っているのですか？」

「……いいえ」

ディアはアーシャがガイに黙ってここに来たことを知ると、訝しそうな顔をした。

帰るよう言われるかと思ったが、アーシャが深刻な顔をしていることに気づくと「私に聞きたいこととは？」と話を聞く態勢を取ってくれた。

「僕の前にリリスに来た、三人の花嫁のことを知りたいんです。どんな人だったのか、それと……ガイとの関係を」

アーシャは単刀直入に切り出した。

ディアは何事か思案しているかのように黙り込ん

だ後、質問を投げかけてきた。

「なぜウィシュロスに聞かないのです？　彼の花嫁のことなのだから、彼が一番良く知っていると思いますよ」

「それは……聞けないからです」

「なぜ？　彼は聞けば正直に全てあったことを話してくれると思いますよ？」

ディアの言葉はそのとおりだと思う。

アーシャはギュッと拳を握り、喉の奥から声を絞り出した。

「……だから、です。彼の口から、他の花嫁との間にあったことを、聞きたくないんです」

「それがどうしてか、あなたはもう気づいていますね？」

こっくりと頷き返す。

ディアはやはり不思議な人だった。

多くを語らなくても、アーシャの気持ちを的確に察してくれる。

「アーシャ」

目が合うと、ディアは優しく微笑んでくれた。

「大丈夫ですよ、アーシャ。心のままに行動すれば良いのです」

「でも……」

自分はそれで良くても、ガイは？

自分のような何も持たない者が伴侶となってしまって、ガイは後悔しないだろうか？

やはり違った、といつか言われるのでは？

アーシャが不安を打ち明けると、ディアは笑いながら左右に頭を振った。

「他の花嫁と自分を比べても、どうしようもないでしょう。あれだけ愛情を向けられていてもわからないのですか？」

「彼は神様だから……。僕だけでなく、この世界の者を全て愛しているでしょう？　ガイは、皆に優しい」

そう、彼が優しくする相手は、自分だけではない。

「皆に優しいから、不安ですか？」

アーシャが肯定すると、ディアは続けて何か言おうと口を開いた。

けれどそれが言葉になることはなく、ディアはフッと一瞬だけ意味深な笑みを浮かべた後、手招きをしてきた。

「アーシャ、こちらへ」

アーシャは何の警戒もせず、ディアに近づく。

「もっと、もっと私の近くへ」

アーシャはなおも、言われるままディアへと歩み寄る。そしてさすがにこれ以上は近すぎる、というところまで来た時、急に手を摑まれディアの方へと引っ張られた。アーシャはそのままディアの胸に飛び込んでしまう。

「すみませ……」

体勢を立て直そうとしたところで、頰に手を添えられ上向かされた。

徐々にディアが顔を寄せてくる。

「ディ、ディア様っ？」

何を、と問うことは出来なかった。

唐突に後ろから引っ張られ、彼から引き離されたからだ。

アーシャがびっくりして目を瞬かせていると、密着した背中から振動が伝わってきた。

「ディア、何をしようとした？」

それはよく知っている声。

けれど、それはアーシャが聞いたことのない硬い声音だった。

「答えろ、ディア。私の花嫁に何をしようとしたのだ？」

辺りに緊迫した空気が流れ始める。

アーシャはこの空気にも、ガイに背後から抱きしめられたままという状況にも耐えきれなくなり、「やめて」と小さな声で訴えていた。

「ガイ、離してください」

「アーシャ……」

「ディア様は何も悪くないんです」

一瞬緩みかけた腕の拘束が、ディアの名前を出した途端、さらに強くなる。

ギュウッと息苦しささえ感じるほど抱きしめられ、アーシャの胸が甘く痛む。

「ウィシュロス、アーシャが苦しがってますよ」

その様子を見かねてか、ディアがアーシャに手を伸ばしてきた。

その手をガイは叩き落とす。

「私の花嫁に、許可なく触れることは許さん」

初めて聞くガイの低く地を這《は》うような声に、驚いて言葉を失う。

よりいっそう緊張感が高まった空気に、アーシャはただ息を潜めて成り行きを見守るしか出来ない。

その膠着《こうちゃく》状態を破ったのは、ディアだった。

「長い付き合いですが、あなたのそんな顔は初めて見ました。誰にでも公平な神という立場にあるあなたが、たった一人の人間にそこまで執着するとは……。珍しいこともあるものですね」

ディアはそう言ってアーシャに視線を流してくる。

――ディア様、もしかしてわざと？

ディアはガイの気持ちを、アーシャにわからせようとしたのだろう。

そしてガイはディアの企みに気づかず、「当然だ」

と続けた。

「アーシャは私の花嫁なのだから」

ガイの逞しい腕の中でアーシャは、もうこれでいい、と思った。

ガイにとって、花嫁は何よりも大切な存在なのだ。

ディアの言うとおり、過去の花嫁たちの存在を気にして自分と比べても、どうしようもない。

ガイに自分以外の花嫁がいたという事実は変わらない。

大切なのは、今、自分がガイの花嫁であること。

アーシャに蝶の痣がなかったら、ガイはおそらくアーシャを伴侶にと望まなかっただろうが、そんなことはもうどうでもいい。

今、自分をこんなにも求め抱きしめてくれる腕が存在する、その事実だけでいいとアーシャは思った。

「ガイ、違うのです。ディア様は、僕のためにしてくれたのです」

アーシャはガイとディアの友情に亀裂が生じてしまうことを案じ、事情を説明しようとした。

しかし、ガイはその言葉を捻って受け取ってしまったようだ。

「そなたはディアをかばうのか？」

「そうではなく、本当にディア様は何も悪くはないのです。僕が弱気になって、相談を持ちかけたから協力してくださっただけで」

アーシャがそう言うと、突然腕の拘束が解かれ、ガイに肩を摑まれ顔を覗き込まれた。

真剣な表情。ガイは怒っているような、傷ついているような、強さの中に弱さを滲ませた、不思議な顔をしていた。

「なぜ私に相談しない？」

「……ガイには相談出来ないことだったんです」

「私には相談出来ないこと？　それはどういう意味だ？」

「それは……」

アーシャはその先の言葉を飲み込む。

本人に言えるわけがない。

ガイの口から、他の花嫁たちとの話を聞きたくなかった、なんて。

けれど、アーシャがきちんと説明しなかったことで、ガイはさらに誤解してしまったようだ。

「私には知られたくないことがあるのだな。ディアには相談出来るというのに……。私が神などではなく、そなたたちと同じ人間だったら違ったのか？」

アーシャは無言で首を振った。

ガイが人間でも、きっと彼には相談も何もしなかっただろう。

彼を愛してしまったから、出来ない話だった。


「そうか……。アーシャも私と距離を置くのか」

頭上でガイの悲痛な声が響いた。

そんなつもりはなかった。

すぐさま否定しようとしたが、アーシャが何か言う前に、ガイの指が離れていく。

そうしてガイは、拒絶するかのように背を向けた。

「私は人の心の機微に疎い。相談相手になどならぬか。……だがな、アーシャ。私だって傷つくのだぞ」

――僕は、なんてことを……！

彼は誰よりも深く、孤独を感じているというのに。

自分まで壁を作るような言い方をしてしまった。

ガイは、自身の抱えている孤独を打ち明けてくれたのに。

それを忘れていたわけではないのに、自分の気持ちを整理することばかりに気を取られ、ガイの気持ちを慮《おもんぱか》ってやれなかった。

アーシャは弁解しようとガイに手を伸ばす。

背を向けているのに、まるでそれが見えているかのように、ガイは身を遠ざけた。

そしてそのまま大股で歩き去ろうとする。

「ガイ、待ってください……っ」

ガイはその声が聞こえていただろうに、アーシャを無視して、さっさとこの場からいなくなろうとしているようだった。

けれど、このまま行かせては駄目なことは、アーシャにもよくわかっていた。

ガイに謝らないといけない。

傷つけるつもりはなかった、と言わなくては……。

「ガイっ！」

大きな声で名を呼ぶと、ようやく足を止めてくれた。しかし振り返ってはくれず、それでもいいからと彼の元へ駆け寄る。

「ガ……」

「もうよい」

「え……？」

「そなたは私の花嫁にはなれぬのだろう。それならもうよい。下界に戻るがいい」

――今、何て……？

アーシャは自分の耳がおかしくなったのかと疑ってしまう。

それほど、ガイから言われた言葉は衝撃的だった。

身体が冷えて思うように動かない。声も掠れて、言葉を発するまでに時間を要してしまった。

「……ガイ、話を聞いてください」

「もうよいと言っているのだ」

「ガイ……」

「黙るんだ！」

こんな声を荒らげたガイは初めて見た。

一喝され、ビクリと身体が竦む。

アーシャが口を噤むと、ガイはふぅ、と一つ長く息を吐き、振り返らぬままディアに話しかけた。

「ディアよ、そなたが言っていたことが今ようやくわかった。心を弄ばれるということは、これほどまでに辛いものなのだな」

アーシャはディアを振り向く。

ディアもさすがにまずいと思っているようで、神妙な顔でガイの言葉を聞いていた。

——どうしよう。

まさか、こんなに彼を怒らせてしまうなんて……。

自分の不用意な言葉で、どれほど彼を傷つけてしまったか、それをひしひしと感じた。

けれど、今引き下がったら、本当にガイとの繋がりは絶たれてしまう。

アーシャはなんとかしてここに残る手段はないかと、頭を回転させる。

「ガイ、待ってください。まだ薬が完成してません！　薬が出来上がるまでは、ここにとどまってもいいでしょう？」

「もう薬の材料は全て揃ったであろう。後は調合するだけだ。すぐに完成させて下界に戻れ」

ガイの頑《かたく》なな態度に、アーシャの心は折れてしまいそうになる。

でも、と気持ちを強く持ち、顔を上げる。

今まではガイから距離を縮めてくれたのだから、今度は自分が頑張る番だ。

アーシャはなおもガイを引き留めようとした。

その時。

「アーシャ、これを……！」

ディアが顔を強ばらせ、アーシャを呼び寄せた。

その様子からただ事でないと悟り、言われるまま湖面を覗き込む。

そこには伏せっている父の姿が映っていた。

「父様！」

湖に映った父は、以前よりさらに痩せて顔色が悪い。

寝台の周りには兄や姉の他、重臣たちが詰めており、父の命が危ぶまれていることが窺えた。

「アーシャ、ひとまず下界に戻りなさい。国王を救いたいのでしょう」

「でも、まだ薬が……」

「私が仕上げを手伝います。薬が完成したら、すぐに下界に戻るのです」

ディアの言うとおりだ。

一刻も早く、父に薬を届けないと……。

しかし、すぐに頷くことが出来なかった。

こんな状況で一人、下界には戻りたくない。

アーシャは縋《すが》るような瞳でガイの背中を見やる。

しかし、ガイから何か言葉を告げられることはなかった。

「アーシャ、早く薬を調合しましょう」

急かされ、アーシャは持っていた材料を全てディアに手渡す。

そこでガイが立ち去る足音が聞こえ、矢も盾もたまらずガイに駆け寄った。

広い背中に体当たりするように抱きつくと、ようやくガイがこちらを向いてくれる。

「……アーシャ」

困ったような顔。

優しい神様は、腹を立て傷ついていても、アーシャを完全には拒みきれないようだった。

自分の勝手でガイを振り回していることを申し訳なく思いながらも、もう一度だけチャンスが欲しいと思った。

「薬を届けたら、必ず戻ってきます。あなたにまだ伝えていないことがあるのです」

ガイは返答のため、口を開いた。それを手で塞ぎ言葉を飲み込ませる。

「必ずあなたに会いに、戻ってきます。どうか待っていてください」

アーシャは一方的にそれだけ告げると、ガイから拒絶の言葉を聞く前に駆け足でディアの元へ戻る。

背後で大きな獣が大地を踏みしめ、駆けていく足音が聞こえた。振り返った時にはもうそこにガイの姿はなかった。

アーシャはガイのことが気にかかりつつも、今は薬作りを優先させないと、と己を律する。

その後、ディアの力を借りながら、ヒューと共に三人で薬の調合を試みた。

何度か配合を間違えて失敗しながらも、月が頭上に来る頃に、ようやく父のための薬を完成させることが出来た。

＊＊＊＊＊

アーシャは懐に薬を入れた小瓶を抱え、急いで南の花園へ向かった。

人の足では移動に時間がかかりすぎるため、ディアに呼んでもらったユニコーンを走らせる。

リリスと下界を行き来する方法はただ一つ。

南の花園にある門を開けてもらい、月の光で出来た階段を使うしかない。

もう夜もだいぶ更けている。

朝まであまり時間がない。

月が隠れたら、階段も消えてしまう。

「ディール様！　ダラム様！」

アーシャは門の近くまで来るとユニコーンから降り、双子の門番の名前を呼ぶ。耳を澄ましても返事はない。

月明かりを頼りに門に近づきながら、何度も二人の名前を呼んだ。

「ダラム様！　ディール様！　出てきて、門を開けてください！」

アーシャは声を張り上げるが、辺りは静寂に包まれたままだった。

服の襟元からひょっこり顔を覗かせたヒューに、二人がどこにいるか聞いてみたが、門番のねぐらは知らないと言う。

「門が開かないと、地上に降りられないのに……！」

しばらく門の周りをウロウロしていたが、試しに門が開かないか押してみることにした。

「おいおい、アーシャ！　この門に触っていいのは門番のお二人と、リリスの主であるウィシュロス様だけなんだぞっ」

「だけど、他に手立てがないんだ。ヒューまで罰を受けるといけないから、降りてて」

アーシャはヒューを掴むと近くの岩の上に置いた。

「どうか、開いて……！」

アーシャは自分の背丈よりはるかに高さのある石扉を押す。予想はしていたが、扉はピクリとも動かない。

アーシャはもう一度、全体重をかけて扉を押してみる。

そこで上方から声をかけられた。

「貴様、何をやっているんだ！」

「門には触ってはならぬという決まりだろうが」

アーシャが声のした方向を見上げると、門の上に、二つの大きな影がある。声から、双子の門番であるダラムとディールであることがわかった。

「ダラム様、ディール様！」

「ん？　その声は、ウィシュロス様の花嫁か？」

言うが早いか、人影の一つが門から飛び降りアーシャの目の前に降り立つ。

「やはり貴様か。久しぶりだな」

人影はディールで、アーシャを見て人懐っこそうな笑みを浮かべる。

アーシャも久しぶりにディールに会えて、色々と話したいこともあったが、今はその時間がない。

「お願いです、門を開けてください。今すぐ地上に帰らないといけないんです」

「それは出来ない。ウィシュロス様の許可が必要だ」

もう一つの影・ダラムも門から降りて来て言った。

「ウィシュロス様には、地上に戻っていいと言われてます。だから門を開けてください」

アーシャが切々と訴えるも、ダラムとディールは顔を見合わせ、「駄目だ」と却下する。

「我々はウィシュロス様から何も聞いておらぬ。貴様が下界に帰りたいがために、嘘をついておるやもしれぬ」

「嘘なんてついてませんっ」

「なら、また明晩出直してこい。ウィシュロス様に確認を取っておく」

「それでは間に合わないんです！」

アーシャがいくら言っても、ダラムは聞き入れてくれなかった。

――どうしよう。

その間にも月はどんどん沈んでしまう。

父の容態を考えれば、明日の夜まで待つことも出来ない。

なんとかして、二人を説得しないと……。

アーシャが必死に策を考えていると、それまで黙っていたヒューが口を挟んできた。

「恐れながら、ダラム様、ディール様、発言をお許しいただけますでしょうか？」

「むっ、お主は？」

「ハリネズミのヒューでございます。お二人に、聞いてほしいお話が」

「花嫁と話しておるのだ。しばし待て」

「今お耳にお入れしないと、ウィシュロス様への不敬にあたるやもしれませぬが……」

「何、不敬だと!?」

ヒューの言葉で二人の顔に動揺が走る。

ヒューもそれを見逃さなかった。許可を得て話し出す。

「こちらにおられるお方は、ウィシュロス様の花嫁様にございます。確かにウィシュロス様はこの者にお暇を出されました。下界に帰るようにとご命令を下されたのです。それをこうしてお二方がお止めしているこの状況は、ウィシュロス様のご意志に反するかと……」

「待て。我らにそのような心づもりはない」

「なら花嫁を通していただけますか？」

「いや、だがな……」

「ウィシュロス様は、薬が完成したらただちに帰るように、この者に言っておりました。門を通らぬと下界に行けぬではありませんか」

ダラムとディールは互いに顔を見合わせ、考え始めた。

もう一押しで通してくれそうな雰囲気に期待が膨

らんだが、ダラムから出た答えは「否」だった。

「薬のことは我らも知っているが、やはりウィシュロス様に確認を取らぬことには、この門は開けられん」

アーシャはダラムの言葉にがっくりと肩を落とす。

もはや残された手段は、西の湖に戻りディアに口添えを頼むしかないだろう。けれど、今から移動したのでは、地上に降りる前に夜が明ける。朝になれば月の階段を出すことは叶わないのだから、結局、父の元へ駆けつけるのが一日遅くなってしまう。

アーシャがなすすべなくうなだれていると、突然、ダラムの慌てた声が聞こえてきた。反射的に顔を上げると、門を背に立ち塞がる二人を、小さな無数の光が取り囲んでいた。

――あれは？

光に目を凝らすと、それは小さな女の子の姿をしていた。背中に透き通った羽を持つ彼女たちは、この南の花園に生息している妖精だ。その中に覚えのある顔を見つけ、アーシャは彼女の名を呼んだ。

「エリス!?」

エリスはアーシャの声に一度振り返り笑顔を見せ、またすぐにダラムの周囲をクルクルと飛び回り彼の肩に降り立った。そしてダラムの耳を引っ張り、何事か囁き始める。

ダラムはエリスに対し、「駄目だ」や「許可出来ん」と言い返していたが、そのたびに周りを囲んでいる妖精たちから、身体中の毛を引っ張られるという攻撃を受け、最終的に「ああ、わかったから、もうやめろ！」と叫んだ。

その怒声に、妖精たちが一斉に飛んでいく。エリスもパッと肩から飛び立ち、アーシャの元へ逃げてきた。

　ダラムは苦々しい顔でエリスとアーシャを見て、覇気のない声で告げてきた。

「仕方ない、門を開けてやる。早くこちらへ来い」

「いいのですか!?」

「お主を通さねば、我は妖精たちに丸裸にされてしまう。全く、身体は小さいのに凶暴なものだ」

　だいぶ強引な方法だったが、エリスたちはどうやらアーシャに協力してくれたようだ。彼女たちのおかげで無事に門を通れそうで、アーシャは傍に飛んできたエリスに心から礼を伝えた。

「エリス、ありがとう」

　エリスはニッコリと可愛らしく笑う。彼女の口元がパクパクと動いていたが、残念ながらアーシャには妖精の声は聞き取れない。それでも、彼女が励ましてくれているのが表情から読み取れた。

「さあ、門を開けるぞ」


　ダラムとディールはそれぞれ扉の左右に分かれて立つと、呼吸を合わせて同時に押し始める。大きく開け放たれた扉の先には月の光が差し込み、見る見るうちに地上への階段が掛けられた。

　初めて見る光景に見入っていると、ディールから筒を手渡される。

「これは？」

「リリスの湧き水だ。人間の足では地上にたどり着く前に、力尽きてしまうからな」

「ありがとうございます！」

　アーシャは礼を言って筒を懐にしまう。

　そして門に歩み寄り、くぐろうとしたところで、隣を歩いていたヒューが足を止めた。

「アーシャ、俺はここまでだ」

「帰ってくるまで、少しの間、お別れだね」

「待ってるぞ、アーシャ」

「うん。必ず戻るよ」

アーシャは最後にヒューの小さな小さな額にキスをし、三人に見送られながら門をくぐった。

光の階段を大急ぎで下りていく。

眩しくて何度も足を踏み外しそうになりながらも、立ち止まることなく駆け下りる。

「あと、もう少し」

急がないと、陽が昇ってしまう。

アーシャは筒に入った水を飲み、地上目指して足を動かした。

そうしてようやく、ケプト山脈の頂上に生えている木々に触れられるところまで来た。そこでついに時間切れとなり、太陽の光がスウッと差してきて、たちまち階段が消えてしまった。

「わ、わぁっ！」

アーシャは足場を失い、そのまま木々のてっぺん辺りから落下してしまう。

伸びた枝に引っかかりながら落下し、上半身からつんのめるようにして地面に叩きつけられる。

「いたた……」

あの高さから落ちたのだから、やはり無傷ではすまなかった。小さい傷があちこちにでき、胸も強打してしまった。

「あっ、薬は無事っ？」

慌てて懐に入れた小瓶を取り出す。ディアから薬入れにともらったのは透明な瓶だったが、厳重に布を巻き付けておいたのが良かったらしい。ヒビ一つ入っていなかった。

ひとまず安堵し、そして改めて周りを見回す。

朝日を浴びて山の頂上に佇むのは、アーシャが花嫁の儀で連れてこられた聖堂だった。

「……帰って来れたんだ」

そう呟き、帰ってきた目的を思い出して立ち上がる。

落下した時にあちこち打ったようで身体が鈍く痛んだが、歩けないほどではない。

早く山を下りて、父のいる王宮に行かなければ……。

アーシャは筒の中の、最後の一口の水を飲んで体力を回復させると、再び走り出した。

＊＊＊＊＊

「誰だ！　止まれ！」

昼の六つ鐘が鳴り出した頃。

アーシャはようやく王宮の裏門に到着した。

正門である表門ほどではないものの、この裏門にも侵入者対策として鎧《よろい》で身を固めた兵士が常駐している。

山道を下りながら木の根に足を取られたり、朝露でぬかった地面で滑ったりしたせいで、今、アーシャはずいぶんと薄汚れた格好をしていた。

そのため、アーシャがマクベルダ王国の皇子であることに、兵士は気づかなかったようだ。

詰問口調で身元を尋ねられ、素直に名を告げる。

「私は国王の第四子、アーシャです。父に急いでお渡ししたいものがあります。どうか通してください」

「嘘をつけ。アーシャ様は一月ほど前に、花嫁となり神様の元へ行かれた。こんなところにいるはずがない」

「薬を届けるために、戻って来たのです。なら、私は中に入れなくてもいいので、この薬だけでも父に渡してください。これを飲めば、父の病が治るんです」

アーシャは包んでいた布を取り、薬の入った透明な瓶を兵士に見せる。

兵士はそれを見て顔色を変えた。

「その瓶の中身は薬ではなく、毒なのではないか!?」

「ち、違います！　本当に薬で……」

「そもそも、国王が病にかかったなどという話、聞いてないぞ。お前、何を企んでいるんだ！」

裏門を警備する兵士たちにまでは、国王の病のことは知らされていないようだった。国を揺るがす大事なのだから、おそらく王宮内の重臣たちにだけ、伝えられているのだろう。不必要に国民を不安にさせないためだとわかるが、それが今回は裏目に出てしまっている。

「怪しいやつめ！　こっちへこい！」

二人の兵士に両脇から腕を掴まれ、不審者として捕らえられてしまった。

このままでは何もかもが無意味になってしまう。

アーシャは兵士に連行されながらも、必死に訴えた。

「信じてください！　私はただ、父様を救いたい一心で……」

その時、ふと片方の兵士が足を止めた。

アーシャの顔をまじまじと見つめ、もう一方の兵士に小声で囁く。

「おい、これを見てみろ」

「なんだ？」

「これって、あれじゃないか？　花嫁の証の……」

「ただの汚れじゃないのか？」

頭上でヒソヒソと会話を交わしながら、兵士がアーシャの左頬の汚れを拭う。力任せに頬を布でこすられ肌が引きつり痛んだが、文句は言わずじっとしていた。

「あっ！　この痣は！」

「間違いない、おい、すぐ手を離せ！」

兵士は慌ててアーシャを解放し、その場に片膝をつく。

「申し訳ありません！　アーシャ様とわからず、大変なご無礼を！」

アーシャは左頬に手を触れる。

自分では見えない位置には、きっと蝶の形をした痣があるはずだ。おそらく、山道を走ったために体温が上昇して浮かび上がっていたのだろう。

この痣があることにより、アーシャは神の花嫁となった。これまで痣の存在を知らなかった者も、花嫁の儀を行ったことで周知のこととなったようだ。

この痣のおかげで、兵士たちにも身分を信じてもらえた。アーシャは痣に感謝する。

「どうか、お許しを。アーシャ様！」

兵士は大きな身体を縮めて、不敬を詫びている。

不審者に間違えられたことよりも、信じてもらえた安堵の方が大きく、アーシャはとりあえず王宮内に入れてくれるようお願いする。

もちろん兵士はすぐにアーシャの願いを聞き届け、中の者に合図を出して裏門を開けてくれた。

「アーシャ様がご帰還された！　国王へのお目通りをご希望されている。皆に先触れを」

門番がそう伝えると、中にいた兵士の一人が急いで駆け出した。アーシャが帰ってきたことを一足早く、他の者たちに伝えにいったようだ。

これで王宮内で再び止められることはないだろう。

アーシャは門番の兵士に礼を言い、自身も急いで国王の寝所に向かった。

裏庭を走り抜け、表に回る時間がもったいなくて使用人が使う裏口から王宮内へと入った。狭い裏通路を行き、王宮内の廊下へ繋がる小さな扉を開ける。生まれ育った王宮とはいえ、さすがに使用人専用の通路までは把握していない。とりあえず目についた扉から出てみたところ、運良く階段下に出られた。

アーシャは国王の寝所がある三階まで、一気に階段を上る。小瓶をしっかりと抱き、絨毯の敷かれた廊下を駆けていく。

アーシャの姿を見た者は、一様にその泥だらけの格好に驚き、そしてその薄汚れた青年がアーシャだとわかると、さらに驚いた顔をする。それにかまわず、アーシャは先を急ぐ。

「きゃっ！」

「わぁっ！」

「ごめんなさい！」

廊下を行く家臣や使用人たちにぶつかりそうになりながら、アーシャは走り続けた。

もう体力は残り少ない。

睡眠も取らず、早朝から昼にかけて山道を駆けてきたのだ。足は泥沼に浸かっているように重く、足の裏に出来たマメも潰れ、血が滲んでいる。喉も渇いていた。

そんな今にも倒れ込みそうなアーシャを突き動かしているのは、ただ一つの想い。

——父様を助けたい。

この薬を完成させるまでに、たくさんの者に助けてもらった。

優しいリリスの住民たちが、アーシャのために力を貸してくれた。

とても特別な薬。

これを飲めば、父は助かる。

――早く、早く……！

ディアの湖に映し出された父の姿が頭を過った。

アーシャは考えることを止め、必死に足を動かす。

そうしてようやくたどり着いた国王の寝所。

先触れを出してくれたおかげで、ここに来ることを聞いていた護衛の兵士は、皇子とは思えぬ格好をしたアーシャを見て驚いた顔はしたものの、追い返すことはしなかった。

「アーシャ様がいらっしゃいました！」

扉を守る兵士は、脇に下げられた紐を引き、鈴を鳴らしてそう告げた。

少しして、扉がゆっくりと開く。

中から出てきたのは、他家へ嫁いだ姉のメリルだった。

「アーシャ……」

「姉様！」

「ああ、本当にあなたなのですね」

「お久しぶりです、姉様」

メリルはアーシャの顔を見て微笑む。けれど、その笑顔はすぐに陰り、刺繍の入ったハンカチで目元を拭い始めた。

気丈な姉の涙を見て、アーシャは動揺した。

嫌な予感に、肌があわ立つ。

アーシャは携えていた薬の入った小瓶をメリルに差し出す。

「姉様、父様にこれを。この薬を飲めば、父様の病も完治します」

メリルは悲しみを湛えた瞳で小瓶を見つめ、頭を振った。

「アーシャ、これはもう必要ないのです。お父様は、少し前に……」

「姉様、これを飲めば、父様は助かるのです。この薬を飲めば……」

「アーシャ、ちゃんと聞いてちょうだい。お父様はね……」

「嫌だ！　父様！　父様！」

メリルの横を通り抜け、寝所に踏み込む。

寝台の傍には、二人の兄と、大臣のウォルグを始め、たくさんの重臣の姿があった。

アーシャが来たことは聞かされていただろうに、皆、アーシャの姿を見ると、驚愕したように目を見開いた。

重臣たちがチラチラ視線を寄越しながら、何事か小声で話し始める。けれどアーシャの耳には、彼らのざわつきは聞こえていなかった。

枕元に立つ兄たちに近づき、寝台を覗き込む。

「父様、アーシャです。薬を持って参りました」

国王である父は、寝台に横たわり固く目を瞑っていた。精力的に国内の地を視察に訪れていた父は、常に日焼けし浅黒い肌をしていた。

けれど今は青白い顔をして眠っている。あの父と同一人物とは思えないほど、痩せて覇気がない。

「父様、目を開けてください。この薬、神様が一緒に作ってくださったのです。これを飲めば、病などすぐに良くなりますから」

けれど何度呼びかけても父は目を開けない。

アーシャは焦れて、胸の上で組まれた骨ばった手に触れた。

そしてその冷たさに、アーシャの瞳からついに涙がこぼれ落ちた。

「この薬を飲めば、良くなるのに……。父様……！」

寝台に突っ伏し、身体を震わせ涙する。

自分は間に合わなかったのだと悟り、絶望した。

――皆が力を貸してくれたのに……！

ヒューも、ディアも、妖精も、ユニコーンも、ドラゴンも、そして神であるガイも。

リリスの皆が、アーシャの薬作りに手を貸してくれた。

そうして、完成した薬。

ここまで、ボロボロになりながらも走って駆けつけた。

とっくに体力はなくなり、だが気力だけで走り続けたのだ。

父を救うために。

――それなのに、間に合わなかった……！

なんという残酷な結末だろう。

薬は完成したのに、それを使うべき人はもういない。

国王の広い寝室に、アーシャの堪えきれない嗚咽《おえつ》が響く。

「……アーシャ」

そっと背中に手を置かれる。

柔らかい女性の声。

メリルだ。

「姉様……」

「アーシャ……！」

アーシャはメリルにしがみついて泣き続けた。

そんな末弟を宥めるように、二人の兄に頭や背中を撫でられる。

父を失って悲しいのは彼らも同じ。

アーシャが泣くから、彼らは末っ子を宥める役をしなくてはならない。それではいけないとわかっていたが、三人の手が温かくて、もう少しこのままでいたいと思ってしまう。

けれど、それは許されないことだった。

「お三人様、アーシャ様からお離れください」

緊張を含んだ声音に、室内の空気が張りつめる。

「なぜです？」

「メリル様、アーシャ様をこちらへ」

「嫌です。私の弟をどうするつもり？」

メリルの硬い声に、アーシャは涙を拭いて顔を上げた。

振り返ると、屈強な兵士を五人従えたウォルグが立っている。

この場にそぐわない光景に、アーシャは目を瞬かせた。

「メリル様、あなた様まで反逆者として捕らえたくはありません。さあ、アーシャ様をこちらに」

「反逆者？　アーシャが？」

驚いているのは、メリルだけでなく、兄たちも同じだった。

長兄のアドルフがアーシャとウォルグを見比べ、訝しそうな顔をしながら、一歩前に進み出た。

「大臣、突然何を言い出すのだ？　アーシャは我が弟。マクベルダ王国の皇子だぞ」

「それは一月前までのことでございましょう。アーシャ様はもう皇子ではあられません」

「は？　何を言う？」

「お忘れですか？　アーシャ様は神の花嫁となったのです。花嫁となった者は、地上での身分は捨てていく決まり。つまり、現在、アーシャ様はこの王宮に立ち入ることすら出来ない身分の者なのです」

「花嫁となろうと、身分を捨てようと、アーシャが私の弟であることは変わらない。アーシャは私の客人とする。これは第一皇子である私の命令だ」

父である国王亡き今、王国の最高権力者にあたる第一皇子のアドルフの命令には誰も逆らえない。

ところが、ウォルグはため息をつきながら頭を振った。

「私は何も、アーシャ様が皇子ではなくなったから、王宮から追い出そうというのではありません。落ち着いてくだされ」

「なら、何が問題だと申すのだ？」

「アーシャ様が、なぜ花嫁となったのか、その経緯をお忘れではないでしょう？　花嫁の儀を取りやめようとしていたことにより、神のお怒りをかった国王の病を治すため、アーシャ様は花嫁となりました」

真実は、国王の病は神の怒りをかったからではないのだが、アーシャは今は黙ってウォルグの話に耳を傾ける。

「アーシャ様が花嫁となり、国王の病は良くなる……私たちはそう信じておりました。ですが、国王も一時は持ち直しましたが、その後、病状は悪くなる一方で、私たちも不思議に思っていたのです。ですが、その理由が今、わかりました」

ウォルグはそこで言葉を切り、持っていた杖《つえ》でアーシャを指してきた。

「花嫁であるアーシャ様が神の元から逃げ出したために、国王はお亡くなりになったのです。アーシャ様が国王のお命を奪ったに等しい。この行為を反逆と言わず、何と申しましょう！」

その場にいた全ての者の視線が、一斉にアーシャに集中する。

アーシャはただただ驚き、硬直していた。

ザワザワとする室内に、アドルフの声が響く。

「大臣、それはこじつけではないか？　アーシャは反逆者などではない」

「私はそうは思いません。……あまりアーシャ様をかばうようですと、あなた様にも嫌疑がかかりますぞ」

「大臣……！」

「兄様、いいのです」

アーシャはこのままでは兄にまで国王殺害の容疑がかかってしまうと思い、アドルフの服を引いた。

父の面差しによく似たアドルフが、アーシャを気遣わしげに見ている。

「僕は大丈夫です。大臣も、話せばわかってくれるはず。そのために僕は行きます」

「けれど、アーシャ……」

「兄様はこれからやらなくてはいけないことがたくさんありましょう。僕のことではなく、父様亡き後の、マクベルダ王国の民を導くことを一番にお考えください」

アーシャの言葉に、王位を継ぐであろうアドルフはハッとした顔をし、そして王族としての威厳のある声で告げた。

「アーシャの言うとおりだ。大臣、アーシャのことは、くれぐれも丁重に保護するように」

「はっ。では、アーシャ様。こちらへお願いいたします。手枷《てかせ》は使いたくありませんので」

「大臣！　アーシャに手枷など必要ない！」

「もちろん、逃げようとしない限りは使いません。ですが、国王殺害の疑いがあるのです。事実なれば大罪人。それ相応の警戒はいたします」

「しかし……」

「兄様、いいのです。さあ、僕のことはお気になさらず」

アーシャは内心の不安を押し込め、アドルフに笑みを向ける。

――大丈夫。

大臣はわかってくれる。

嘘偽りなく、リリスでの出来事を話せばきっと……。

兵士に取り囲まれ、王宮の地下へと連れていかれる。

そこは煌《きら》びやかな王宮と同じ建物内にあるとは思えないような、暗く冷たい場所。貴族など地位のある者が罪を犯した時に、一時的に勾留される部屋が並んでいる一画だった。

アーシャはその中でも、一番広い部屋を与えられた。

しかし、地下のため、窓はない。石の壁で囲まれ、鉄で出来た扉には、人の顔が出るくらいの窓がついているが、しっかりとした鉄格子がはめられている。明かりは、一本の蠟燭《ろうそく》だけだ。

一応、粗末ながらも寝台はあるものの、他には何も置かれていない。

座る場所もないため、寝台に腰かける。すると忘れていた疲労感がドッと押し寄せてきて、そのままズルズルと身体を横たえた。

——心配してるかな。

別れた時の、兄や姉の顔が閉じた瞼の裏に浮かぶ。ウォルグからは、後ほど詮議があると言われたが、それはいつになるのだろう。

早く疑いを晴らして、兄姉の傍に戻りたい。父を失った悲しみを分かち合いたかった。

そうして全てを終えたら、もう一度戻る。

約束したから。

リリスに戻ると。

あの優しい場所に。

ガイの傍に。

次に会ったら言うと決めたのだ。

彼に「好きです」と。

「あなたの花嫁にしてください」と。

――会いたい。

早く、ガイに会いたかった。


いつの間にか眠っていたアーシャは、小さな物音で目を覚ました。

「ん……」

目を開けても辺りは真っ暗闇。まだ夢の中にいるのかと目をこする。

――夢じゃない。

なら、ここはどこだろう？

身じろぎした次の瞬間、アーシャの身体は宙に放り出されてしまった。

「痛っ」

幸い高さはなく、すぐに硬い地面に背中が当たった。

暗闇の中、辺りを手探りで進む。

何か棒のようなものが手に触れ、それをたどっていくと、大きな布が指先に触れる。これは寝台だ。先ほどここから落ちたのだろう。

アーシャはそこで、自分がどこにいるのかをようやく思い出した。

そして、悲しい現実も……。

「父様……」

最後に見た父の姿を思い出し、目頭が熱くなる。ツンと鼻の奥も痛くなって、泣くまいと上を向いた。

父の死を悲しんでばかりはいられない。

まがりなりにも王族の一人。

きっと偉大な国王の訃報に、国中が動揺しているだろう。

そんな時に、子供のように泣いていてはいけない。

こういう時こそ、毅然とした態度で先のことを考えていかなくてはいけない。

悲しむのは、全てが終わった後だ。

アーシャは寝台に腰を下ろした。

それを見計らったかのように、扉の向こうから足音が聞こえてきた。扉にある鉄格子つきの窓から、ランプの明かりが漏れてきて、室内を徐々に照らしていく。

「アーシャ様、起きてらっしゃいますか？」

扉の向こうから聞こえてきたのは、ウォルグの声。アーシャは背筋を伸ばし「はい」と返事をする。

すると扉が開かれ、ランプを持った兵士が二人、室内に入ってきた。その後ろ、扉のところにはウォルグが立っている。

彼は室内には立ち入らないようで、その場でアーシャに予告をしてきた。

「アーシャ様、あなたの処刑が明日の朝、行われることに決定いたしましたので、ご報告に参りました。今宵《こよい》が最後の夜となります。何か召し上がりたいものがございましたら、お申し付けください」

ウォルグの言葉は、全く予期していなかったものだった。

――処刑？

まだ取り調べを受けていない。何もアーシャは話していない。

それなのに、国王を殺害した咎で明日処刑されるという。

そんなこと、納得出来るわけがない。

アーシャは立ち上がり、ウォルグの元へ行こうとした。しかし、兵士にすぐに捕まり、寝台の上に乱暴に戻されてしまう。

「大臣、処刑って……？」

「つい先ほど、重臣を集めて行われた詮議会で決定いたしました。王族の方々は身内から罪人を出したくなかったのか、最後まで納得しておりませんでしたが、アーシャ様が国王の血を引いているからこそ、より重い罪を、と申す重臣も多く……。このような結果になり、私も残念でなりません」

「だって、僕は何も聞かれてません！　僕からなんの事情も聞かずに刑を決めたのですか？　そんなの納得出来ません！」

「アーシャ様、お見苦しいですぞ！」

ウォルグが鋭い眼差しで一喝してきた。

勢いに気圧《けお》されて、一瞬口を噤んでしまう。その隙に、畳みかけるようにウォルグが語気を強めて続ける。

「あなたが戻って来なければ、国王は亡くならなかった。神を怒らせたあなたの罪は重い」

「僕がここに戻ることはガイも……、神もご承知の上です。僕が戻ったことが原因とは思えません！」

ウォルグは、アーシャにも聞こえるくらいの大きなため息をこぼした。

「アーシャ様、あなたが戻られるのが、あともう少し遅ければ良かったのですがね。……国民は、花嫁の儀が執り行われたことを知っています。これで次の花嫁が現れるまでは、王国は神の守護を得ると安心しておりました。ですが、一月で花嫁が帰ってきた上に、国王が病死してしまったことが国民に知られたら、彼らは大きな不安に襲われるでしょう。それをどう鎮めるか……神に怒りを解いてもらうためには、もう一度あなたを天上の国に送るしかないのです。ただ、前回と違い、もう二度と戻って来られない形にして」

「そんなことをしなくとも、父の葬儀をすませたらリリスに戻るつもりです」

「いいえ、それでは民が納得しない。またいつあなたが神の元を逃げ出し、次はどんな不幸にみまわれるか……。国民はそれに怯えることになる」

そこでアーシャはウォルグの言葉に違和感を覚えた。

確かにウォルグの言っていることは、マクベルダ王国を、ひいてはそこに暮らす民の心情を思えば、至極もっともな意見に聞こえる。

けれど、アーシャはこの男の性格を知っていた。

彼は王国や民のことなどよりも、自身のことを第一に考える男。

そのため、王位継承者であるアドルフに取り入ろうと、様々な高価な貢ぎ物を贈っていた。アドルフはウォルグからの贈り物についてアーシャに言ってはこなかったが、同じ王宮に住んでいるのだ、アドルフが困り顔で貢ぎ物を送り返しているという噂《うわさ》はよく耳にしていた。

ウォルグは狡猾《こうかつ》で、自分の得にならないことはしない男だった。

だからこそ、そんな男から国民の感情を説かれても、いまいち納得が出来ない。

「……そういえば、あなたはなぜ、父が病に倒れた時、他の可能性を考えずにすぐに神の天罰だと思ったのですか？」

疑問を投げかけると、ウォルグは途端に形相を変えた。

アーシャの中で不信感が高まる。

「父がたとえ、花嫁の儀を取りやめると宣言したとしても、病に倒れたのは、まだその時ではなかったでしょう？　儀式の日を過ぎても花嫁がこないことに神が怒るならまだしも、取りやめになる前に天罰を下すでしょうか？」

　あの時は、自分が花嫁にさえなれば父は良くなると、それに気を取られ、ウォルグの言いなりになってしまった。

　しかし、実際にリリスに行きガイに会った時、彼は父が花嫁の儀を取りやめにしようとしていたことを知らなかったのだ。

　最初に父の病が天罰だと言い始めたのはウォルグ。

　何かおかしい。

　その時、ガイのある言葉を思い出した。

　――献上品……。

　そう、リリスでガイが言っていた。

　はるか昔より、王家が神の加護への感謝の印として、月に一度聖堂に捧げてきた贈り物。月ごとに何を贈るかまで厳しく定められていたはずだが、近頃、その品質と種類が変わったと言っていた。

　ガイははっきりとは言わなかったが、あの様子では、おそらく献上品の質が以前よりも下がっていたのだろう。

　アーシャはてっきり、献上品を無駄だとして取りやめにしようと言っている者たちの仕業なのかも、と疑っていたが、もしかしたらウォルグが関係しているのかもしれない。

　だが、ウォルグは献上品廃止を叫ぶ一派を窘めていた。

　太古より続く風習には大きな意味があるとし、神への捧げ物もこれまでどおり行うよう、強く言っていたような……。

　そこでアーシャは、ハッと気づいた。

　――兄様への、貢ぎ物！

　ウォルグは頻繁に高価な品物を、アドルフに贈っていた。

もしかしたら、神への献上品を粗悪品とすり替え、上質の品々を売って金に換えていたのではないか？　その金で、アドルフに取り入るための貢ぎ物を買っていたとしたら……。

これはアーシャの仮説でしかないが、そう考えると、ウォルグが神の天罰をしきりに説いてきた理由も頷ける。

「……大臣、僕は花嫁として神様にお会いしました。神様は、近頃、地上からの献上品の質や種類が以前と変わったと言っていました。私は王宮にいた頃、そういった報告を耳にしたことがなかったので、不思議に思ったのです」

話している間に、次第にウォルグの顔が強ばっていった。その表情の変化から、自分の予想が当たっていることを確信する。

アーシャは一呼吸置いてから、ウォルグを真っ直ぐに見つめ、答えのわかっている質問を投げかけた。

「なぜ献上品が変わったのか、その理由をあなたはご存じですね？」

アーシャのその言葉に、ウォルグはもはや言い逃れ出来ないと思ったようで、開き直ったように自らの不正行為を認めた。

「……ええ、知っております。献上品をすり替えたのは私です。ようやくお気づきになられましたか」

「大臣、あなたはなんということを……！」

ウォルグの悪行を暴いても、アーシャの気持ちは晴れることはなく、王国の重臣にこのような者がいた事実に悲しくなった。

「私も常々思っていたのですよ。いるかいないかもわからない神に、毎月あんなにたくさんの献上の品など、無駄じゃないかと。だから私が無駄にならないよう、流用させていただきました」

「それは違います、大臣。神様はちゃんと存在し、地上からの品を受け取ってくれていました。その証拠に、僕が今着ているこの衣服も、献上品の布地から作られたものなのです。それに他の品々についても、神様は大変ありがたく思ってくれていて……」

アーシャの訴えを、ウォルグは鼻で笑った。

「そのようですな。神は存在していた。まったく、面倒な存在です」

「面倒、ですって？」

「ええ。神などいなくても、国王がいれば、我々の国は回っていくでしょう？　この国は国王のものなのですから」

「大臣……」

ウォルグが何を言っているのか、アーシャにはすぐに理解出来なかった。

「国王が急な病に倒れた時は、さすがに私も焦りました。献上品が減ったことで、神がお怒りになったのだと。だが幸い、天罰は国王に降りかかった。これで次の国王に私の娘が嫁げば、この国は私の思うがままに操れる。そのための不安要素である神とのしこりは、取り除いておきたいのです」

ウォルグの企みの全貌を聞き、アーシャは信じられない気持ちで彼を見つめた。

彼はこのマクベルダ王国を手中に収めようと、これまで裏で動いていたのだ。こんな男に牛耳られては、国が良くなるはずがない。国民が苦しむ未来しか想像出来なかった。

アーシャは怒りで震えた。

「僕にそのようなことを話してしまって、いいんですか？」

「はは、かまいませんよ。何しろあなたは明日には処刑される身。どうぞ、神の花嫁としての任を全うしてください」

「……っ！」

アーシャは歯がゆさに唇を噛みしめる。

何とかして、ウォルグのこの企みを兄たちに伝えたい。

ウォルグが引き連れてきた兵士たちに目配せするが、彼らはすでに懐柔されているらしく、すぐに目を逸らされた。

ウォルグは沈黙したアーシャを見て、愉快そうに笑い、最後に処刑の時刻だけ言い残して扉を閉めた。

アーシャは膝の上に置いた手を握りしめ、どうするべきが考える。

——花嫁になった時と、同じだ。

ただその場の流れに身を任せることしか出来ない。

国王である父を救うため、一度はこの身を神に捧げた。

獣の姿をしていると言い伝えられていたので、花嫁とは名ばかりの生け贄のつもりで、死をも覚悟してリリスに向かったのだ。

だが、予想外なことに、ガイは人間と似た姿をしていて、アーシャを食べようとはしなかった。

それどころか、国王の病のことを知ると、薬作りの手助けまでしてくれて……。

リリスでの毎日が平和すぎて、うっかり自分の置かれた立場を忘れていた。

——僕は、皇子だ。

神の花嫁となったことで身分を剝奪されているとしても。

マクベルダ王国の行く末を案じ、有事の際にはその身を投じる立場にいる。

アーシャは覚悟を決めた。

ウォルグの企みを外部の者に伝えられるとしたら、

それは処刑の時のみ。

処刑の前には一言だけ、罪人に発言が許されている。処刑台の上で、ウォルグのしたことを全て告白しよう。

その途中で、アーシャの口を塞ぐためにウォルグによって、処刑の瞬間を早められるかもしれないけれど……。

マクベルダ王国のために命を懸けられるのなら、それ以上の名誉はない。

最後まで、王族らしくあろう。

処刑台に乗った時も、決して取り乱さずにいよう。

兄や姉が笑われないように。

自分の身を以《もっ》て、家族を、民を、王国を守る。

——だけど、一つだけ心残りがある。

ガイとの約束だ。

必ず戻ると言ったのに、約束を守れないかもしれない。

「大臣の言っていたこと、本当かな」

ポツリと独り言がこぼれる。

死んだらリリスに行けるのだろうか？

だが、ガイの話だと、気に入った者しかリリスに召し上げてもらえないそうだ。

アーシャは最後のガイとの会話を思い出し、暗い気持ちになる。

もう一度リリスへ行けるかどうかはわからないが、もしまたガイに会えたなら伝えたい。

言えなかった言葉を。

——明日になったら、ガイに会えるかもしれない。

そう思ったら、処刑が少し怖くなくなった。

その晩、アーシャは翌日の処刑のことを考えて緊張して眠れずに、何度も狭い寝台の上で寝返りを打っていた。

今いったい何時だろう。

月の位置から時刻を確かめようにも、地下のこの部屋には窓がない。厚い石の壁のせいで、時刻を知らせる鐘の音も聞こえてこなかった。

だいぶ前に、夕食であろう食事が出されたから、夜も更けた時間であることだけはなんとなくわかった。

アーシャはまんじりともしない気分で、また寝返りを打つ。

その時、扉の方から声が聞こえた。

「……アーシャ様」

「……誰？」

小声での呼びかけに答えると、音もなく扉が開いた。入ってきたのは、二つの人影。先ほどの声の調子から、一人は男であることがわかった。

人影は開けた時と同様、音を立てずに扉を閉ざすと、携えてきた蠟燭の入ったランプに火をつけた。弱々しい灯《あか》りだが、真っ暗闇の中に一気に光が溢れる。

アーシャは久しぶりの光に、眩しくて目を細める。

「アーシャ様！　ご無事で何よりでございます！」

耳に馴染んだ嗄《か》れた声は、モルダのものだ。そして灯りを手にアーシャの膝に縋りついて涙をこぼしているのは、乳母も勤めてくれた侍女のローザ。

こんな状況だけれど、懐かしい人物との再会を、アーシャは純粋に喜んだ。

「モルダ、ローザ！」

いつも温かかったローザの手。小刻みに震えるそれに手を重ねると、今は冷たく凍えている。

普段ならローザを諌《いさ》めるであろうあの厳格なモルダも、涙を堪えているのか口を引き結びアーシャの傍に膝をついた。

「アーシャ様、お守り出来ず、申し訳ございませんでした。お辛い思いをされましたなぁ」

「モルダ……」

労《いたわ》るようなその声音に、アーシャの瞳からも涙がこぼれる。

この親子はアーシャ付きの使用人だったが、花嫁としてリリスに行ってからは、部屋付きではなく王宮の下働きの使用人として働くことになった。

急に仕事が変わりそれだけでも大変だっただろうに、仕えていた主が罪に問われたとあれば、この二人の立場も悪くなる。

もしかしたら、アーシャと共謀していたと疑われ、王宮を追われるかもしれない。


「二人にも迷惑をかけたね。ごめん」

「迷惑などと、何をおっしゃいますか！　私たちはただ、アーシャ様が心配だっただけでございます」

ローザはそう言うと、アーシャの顔を柔らかい布で優しく拭いてくれた。

「こんなにお顔を汚して。アーシャ様は成人されても、まだまだ子供みたいですこと」

「ローザ、ごめん」

――心配をかけてしまったんだ。

優しい二人に。

自分を一番近くで見守ってくれていた人たちに。

アーシャにとって彼らが家族のようであるのと同じく、彼らにとってもアーシャは家族同然なのだ。

特にローザは、病で亡くした自分の子供と重ねているらしいから余計だろう。

アーシャは知らなかった母の愛を、ローザから十分にもらって育つことが出来た。だから寂しくはなかった。

「今までありがとう。最後に二人に会えて良かった」

ローザは新たにボロボロと涙をこぼす。何かアーシャに伝えたいようだったが、言葉にならないみたいだ。

出来ることなら、二人ともっと話していたい。この暗く冷たい部屋で、最後の一晩をたった一人で過ごしたくはなかった。

けれど、そんな弱音を吐いてはいけない。二人をさらに心配させてしまう。

アーシャは涙を拭い、モルダに言った。

「どうやってここに？　よく兵士が通してくれたね」

「……協力者がおります。その方のお立場があるのでお名前はお伝えできませんが、あなた様のことを心配なさっている方が、一時《いっとき》だけ地下付近から人払いをしてくださったのです」

モルダははっきりと名前を言わなかったが、兵士を持ち場から離れさせることが出来るほど、発言力を持った人物などそう多くはない。

恐らく、アーシャの身を案じている兄姉たちが動いてくれたのだろう。

それなら、とアーシャは二人にウォルグの企みを話し、兄たちに伝えてもらうことにした。

「モルダ、聞いてほしい話があるんだ。必ず兄様本人に伝えると約束して。他の人には……特に大臣には、絶対に話さないで」

モルダが頷いたのを確かめ、ウォルグがこの国を乗っ取ろうと策略を巡らせていることを話した。

あまりの大それた企みに、モルダはにわかには信じられないようで呆然とした顔をしたものの、アーシャの真剣な思いが通じたようで、必ずアドルフに伝えると約束してくれた。

「……では、アーシャ様は、大臣の企みに巻き込まれただけなのですな」

「うん。僕は神様の許可を得て、薬を届けるために地上に戻ってきただけ。結局、間に合わなかったけれど……」

ローザが俯くアーシャを抱きしめてきた。

「かわいそうなアーシャ様！　お父様を亡くされた上に、こんな疑いまでかけられて……」

「ローザ」

モルダがローザに目配せする。二人は頷き合うと、アーシャに驚くべき提案をしてきた。

「逃げましょう、アーシャ様。今なら外に出られます」

「えっ⁉」

「私どもが王宮の外までご案内します。今なら兵士に見つかることなく、ここから出られます。壁の裏にある入り組んだ使用人通路を使えば、兵士たちの目も誤魔化せましょう」

自分を救ってくれようとする二人の気持ちは心から嬉しかった。

だが、アーシャは逃げるわけにはいかない。

兄や姉のこと、そして王国の今後を考えればこそ、ここで逃げ出したら、ウォルグの企みにいいように利用されてしまう。全ての罪をなすりつけられてしまう恐れがあった。

「モルダ、僕はここに残る。大臣の企みを一人でも多くの人に、自分の口から伝えたいんだ。それに、僕が逃げれば、従者だったモルダやローザにも疑いがかかってしまう」

アーシャの心づもりを知り、ローザが顔色を変える。けれどローザが説得のため口を開くよりも早く、モルダの怒声が飛んできた。

「何ていうことをおっしゃるのですか！　生きてこその物種ですぞ！　それに、私たちのことにしても、あなた様のような若者に心配されるほど、耄碌《もうろく》はしておりませぬ！」

モルダに怒鳴られたのなど、いつ以来だろう。

小さい頃に、木登りをしていてうっかり足を踏み外して落ちてしまった時が最後だろうか。モルダが叱るのは、決まってアーシャの身が危険に晒された時。アーシャを心配するがゆえのものなのだ。

「モルダ……」

せっかく止まった涙が、またこぼれそうになってしまう。

「アーシャ様、いいから今は行きましょう。後のことは考えずに、あなた様は生きることのみをお考えください」

ローザもモルダの言葉に同意するように、何度も頷いている。

それでも、後のことを考えずにはいられない。

自分がいなくなったら、兄や姉はどうなる？　マクベルダ王国の未来は？　この優しい従者たちは？

アーシャはもう、子供ではない。

自分のことのみを考え行動して、それを許される身ではないのだ。

「ありがとう、モルダ、ローザ。その気持ちだけで、僕は十分だよ」

二人の手を取り、微笑みかける。

「僕は逃げないと決めたんだ。ここに残る」

アーシャの覚悟を知り、ローザはその場に泣き崩れた。

「アーシャ様がいなくなったら、私は……、私はどうしたらいいか……」

「こんなに泣かせてしまってごめん。最後に二人とこうして話すことが出来て、本当に嬉しかった」

「嫌です、嫌っ」

アーシャの手を握りしめ、ローザが子供のように駄々をこねる。その姿は見ていてとても痛々しい。

なんと慰めたらいいのか迷っていると、モルダが目を細め、しみじみとアーシャを見た。

「主を困らせるのは従者として恥ずべきこと。……ただ、私にも従者としての矜持《きょうじ》がございます。お仕えした主を残し、己だけ助かるなど言語道断」

モルダは突如としてその場に膝を折り、座り込んだ。

「このモルダ、最後までアーシャ様にお仕えいたします」

「モルダ、そんなことやめて」

「アーシャ様が行かぬというのなら、私もここを動きませぬぞ」

「モルダ……」

今のアーシャは、第三皇子としての身分も、特別秀でた能力も、何も持っていない。

それでも、この老従者は命をかけて仕え続けてくれるという。

モルダの気持ちにとても感動したが、だからこそ、関係のない彼らまで巻き込むことは出来ないと思った。

「モルダまで捕らえられてしまったら、誰が大臣の企みを兄様に伝えるの？　モルダにしか頼めないことなのに」

「私の代わりに、ローザが必ずアドルフ様にお伝えいたします」

モルダは頑としてアーシャと共にいるつもりらしい。彼が一度言い出したら聞かない頑固な性格だということを、アーシャも熟知していた。

モルダをここから立ち去らせるためには、アーシャも共に行かなければならない。

けれど、それはアーシャの意志に反する。

どうしたものか、と思案していると、地下へ続く扉が開閉する音が聞こえてきた。続いて、何人もの足音が廊下から響いてくる。

――見張りが戻ってきた!?

アーシャはこちらへ近づいてくる無数の足音を聞きながら、モルダとローザに視線を送る。二人とも身を強ばらせていた。

なんとかして二人を助けないと、と思うが、地下から出るための扉は廊下の先に一つしかなく、出て行けばこちらに向かってくる者たちと鉢合わせしてしまう。室内にも身を隠せるような場所はない。

アーシャはギュッと拳を握り、二人に告げた。

「僕が部屋から飛び出して、見張りの気を引く。だから二人はその隙に走って逃げて」

「それでは、アーシャ様だけが捕らえられてしまいます!」

アーシャの提案に、ローザが即座に頭を左右に振る。

こうしている間にも、足音はどんどん大きくなってきていた。

アーシャは座り込むモルダの腕を取り力づくで立ち上がらせ、ローザの背を押して部屋の扉付近に移動した。

「今、一番に考えなければならないことは、マクベルダ王国の未来のこと。大臣の企みを現実にしてはいけない。だから、モルダ、ローザ、兄様に大臣の悪事を必ず伝えて」

その瞬間、鎧を着た兵士が姿を現した。

「お前たち、ここで何をしている！」

「きゃぁっ」

「ローザ！」

兵士がローザをがっちりと抱え込む。

モルダがすぐに助けようと捕らえようと動いたが、彼もまた、別の兵士に捕らえられてしまった。

「モルダ！　ローザ！」

「見覚えがあると思ったら、アーシャ様付きの従者共だな。アーシャ様の逃亡を謀ったのか！」

「違います！　彼らは何も関係ないんです。ただ別れの挨拶に来てくれただけで……」

アーシャはたまらず弁解を口にしていた。

しかし、アーシャの言葉に兵士が耳を貸すことはなく、二人を逃亡を手伝った疑いで、別室へ連れて行こうとした。

ところが、ローザは恐怖のあまり腰を抜かしてしまったようだ。床に座り込み、立ち上がれない。それを兵士は抵抗しているのだと勘違いしたらしく、ローザに厳しい叱責が飛ぶ。けれど怒鳴られれば怒鳴られるほど、ローザは怯え青ざめ震え出した。

「女、早く立て！」

「こ、腰が抜けて……」

「嘘をつくな！」

見ていられなくなり、二人の元へ行こうとした。けれど大柄な兵士に行く手を阻まれ、それは叶わなかった。

そうこうしているうちに、兵士が呼びにいったらしく、ウォルグが再びやってきた。そして室内の様子を確かめ、非常に面倒そうな顔をする。

「いったい何事だ。侵入者だと言うから参ったが、老人と女ではないか」

「この者たちはアーシャ様付きの従者だったようで

す。アーシャ様の逃亡に手を貸した疑いが濃厚だったため、急ぎご報告させていただきました」

兵士の報告を聞き、ウォルグが鼻で笑う。

「逃亡？ この二人が供とはな。すぐに捕まえられたのだろう？」

「はっ。しかし、この二人に手を貸した者もいるようです。我々が見張りの交代に参った時に、地下室の出入り口には誰も立っておりませんでした。誰かがこの二人をアーシャ様のお部屋に入れるために、人払いをしたと思われます」

「見張りを遠ざけられる人物がいる、ということか。それは少々面倒だな」

ウォルグはアーシャにチラリと視線を寄越す。そして何か思いついたかのように、ニヤリと下卑た笑みを浮かべた。

「万が一、国王を死に至らしめた大罪人に逃げられたとあらば、国内は不安に陥るだろう。民を安心させるためにも、刑の執行時間を繰り上げよう」

「はっ。して、いつになさいますか？」

「無論、今すぐだ」

その言葉に、アーシャのみならずモルダが血相を変え、ウォルグに向かって声を張り上げる。

「お待ちを！ 刑の時間を早めるなどと、ウォルグ様の一存で決定することは出来ないはずですぞ！」

「こんな夜更けに他の重臣たちを集めるわけにもいくまい。相談しているうちに、本来の刑の執行時間が来てしまう」

「でしたら、今すぐなどと言わず、当初の予定どおり執り行えばよろしいではありませんか」

ウォルグはモルダに歩み寄り、いくぶん潜めた声で囁く。

「お主等《ら》をここまで手引きした人間が誰だか、私にはわかっているぞ。兵士を人払い出来る人間など、限られておるからな。今すぐ刑を執り行わなければ、また同じことが起こるやもしれぬ」

ウォルグの鋭い指摘に、モルダは悔しそうに口を閉ざす。

「それに、今すぐ処刑してしまえば、他の者にアーシャ様の最後の言葉を聞かれる心配もなくなる。私の企みは誰にも気づかれることはない」

このままではウォルグの思うとおりになってしまう。

処刑台の上でウォルグの企みを暴露しようと思っていたのに、それも出来ない。さらに、ウォルグ自身にその企ても悟られている。

アーシャはなんとか刑の執行時間を引き延ばそうと、口実を探す。

しかし名案と呼べるようなものは浮かんでこず、焦りばかりが募っていく。

ウォルグは自身の悪巧みが殊の外上手く運んでいることで悦に入っているようで、地下全体に響きわたるような声で笑い始める。

「これでこの国は我が手に落ちたようなもの。従順な家臣として、長年、頭の固い国王に仕え続けた甲斐がある」

あまりにも無礼な言いぐさに、怒りで震えが走る。

――悔しい。

何も出来ない自分が。

皇子として生まれながら、ウォルグの企みさえ阻止出来ない己の無力さが歯がゆかった。

アーシャが俯き震えていると、モルダに呼びかけられた。

「……アーシャ様」

視線を向けた先で、幼い頃より仕えてくれていた老従者は、この場にそぐわないような優しい瞳でこちらを見ていた。

「このモルダ、老いさらばえようともアーシャ様への忠誠心は、誰よりも強固であると思っております。今、それを証明して差し上げましょう」

「モルダ？　何を……」

不穏な気配を感じ取り、モルダに問いかけた。

モルダは質問に答える間もなく、身を翻すと自身を拘束していた兵士を突き飛ばし剣を奪い、ウォルグ目指して突進していく。

「ウォルグ、貴様だけは許さん！」

七十歳を過ぎた老人とは思えぬ動きでウォルグの前に躍り出て、モルダはそう叫んだ。

けれど、モルダの動きをいち早く察知した兵士が、ウォルグに害するものを斬り捨てようと大きく剣を振りかざす。

「お父様！」

ローザの悲鳴のような声を聞き、アーシャは兵士の拘束を振り解くと、弾かれたように駆け出した。

考えるよりも先に身体が動き、モルダを守る盾になるため、その身を二人の間に割り込ませる。

その直後、振り下ろされた剣。

左肩から右脇腹に、熱した鉄を押し当てられたかのような痛みが走る。

「アーシャ様！」

「アーシャ様！　アーシャ様！」

モルダとローザの声が同時に耳に響く。

倒れ込んだ身体をモルダが抱き起こしてくれ、すぐにローザも兵士を振り払い駆け寄ってきた。

とても近くで声をかけられているというのに、水中にいるようにくぐもって聞こえる。

アーシャは青ざめている二人に、「大丈夫」と言って起きあがろうとした。

けれど喉からは掠れたうめき声のようなものが漏れるだけで、腕を動かそうとすると激痛にみまわれる。

アーシャのその様子を見て、二人の顔が悲しみに歪む。モルダが涙を流し、アーシャの名をただ呼び続けていた。

視界が霞《かす》む。

傷の状態は確かめられないが、身体の内側から寒気がこみ上げてきた。多量の血液を失ったからだろう。

アーシャは大怪我を負ったというのに、妙に冷静に状況を判断していた。

唯一動かせる視線を巡らせると、兵士たちにグルリと取り囲まれている。

けれど、誰一人として、アーシャに縄をかけようという者はいなかった。その必要がないということだろう。

アーシャは自分の死期が迫っていることを悟る。

「よ……た……」

「何ですか？　アーシャ様」

「良かった……」

思わずこぼれた言葉。

アーシャはローザに握られている手に、最後の力を込める。

罪人として処刑されていたら、一人で迎えるはずだった死。

それがこうして、モルダとローザに見守られながら最後の時を迎えることが出来る。

自分の取った行動が、果たして正しかったのかはわからない。

けれど、アーシャはこれで良かったのだと思った。

大切な人を守ることが出来たのだから。

――でも……。

ガイとの約束は守れなかった。

生きてリリスには帰れそうにない。

死後、ガイはリリスに迎え入れてくれるだろうか。

それとも……。

「ガイ……」

会いたい。

一目でいいから。

自分の都合ばかり押しつけて申し訳ない。

でも、ガイに伝えたいことがあるのだ。

もう無理かもしれないけれど、どうか、傍に……。

伴侶としてでなくていいから、傍にいて、彼の抱える孤独を少しでも癒したい。

「ガイ……」

アーシャの瞳から涙がこぼれる。


それはアーシャ自身の血しぶきと混じり、赤い涙の筋を作っていった。

息が苦しい。

モルダに抱きしめられているというのに、寒くて全身が震える。二人の声もどんどん遠くなり、目の前も白み始めた。

アーシャはまばゆい光を受けているような、そんな錯覚に陥る。

眩しくて、目を開けていられない。

けれど、それは死期が近づいたことによる現象ではなかったようだ。

「なんだ、この光!?」

「どこから!?」

兵士たちからも、戸惑いの声が次々に上がる。

窓のない地下室に、こんなに強い光が差すわけがない。

モルダもこの光を警戒してか、アーシャをローザに抱かせると、自分の背後に隠すようにして光の前に立ち塞がる。

アーシャは力を振り絞って光の差す方向を見やる。光は廊下から差し込んできていた。

――いったい、何が起こってるんだ？

アーシャは朦朧とする意識の中、モルダの背中越し、光の中に目をこらす。

「あ、あれは⁉」

「光の中から、何かがこちらに向かってくるぞ！」

「あれは……獣か？」

アーシャの位置からでは確認出来なかったが、兵士たちのざわめきがいっそう大きくなった。

――獣……？

アーシャは自分の予想を確かめようと、無理矢理起きあがろうとする。

けれどそれは叶わず、ローザの腕の中でぐったりと横たわっているしかなかった。

「獣め、アーシャ様にそれ以上、近づくでない！」

ふいに、モルダの声が聞こえてきた。

視線をやると、兵士たちが左右に大きく分かれて立っている。まるで、何者かに道を譲るかのように。

モルダはローザを振り返り、「アーシャ様を連れて逃げろ」と小声で指示してきた。

しかし、女性のローザに、アーシャを抱えて逃げることなど不可能だ。

モルダは、こちらに向かってきている『何か』からアーシャを守ろうと、立ち上がる。

「老人、道を開けよ」

その時、低い男性の声が静かに辺りに響いた。

それはアーシャがよく知っている声。

ここにいるはずのない者の声だった。

「ガイ……？」

アーシャの小さな声は、相手に届いたようだ。

「そうだ。そなたのガイだ」

「ガイ、来てくれたのですね」

アーシャはモルダに道を開けてくれるよう、目線で訴えた。

モルダは心配そうな顔をしていたが、アーシャの頼みを聞き入れてくれ、横にのいてくれた。

光を背にこちらに向かって歩いてきたのは、一頭の大きな獅子。

銀色の毛並み。瞳は緑を帯びた金色。とても厳かで美しい獣だった。

それは、この世界を創造した神として、マクベルダ王国の国旗にもなっている、ガイの真の姿だった。

「ガイ、ガイ……」

アーシャは銀色の獅子に手を伸ばす。

ガイはすぐ傍らまで歩み寄ると、その不思議な色をした瞳に、深い悲しみを湛えた。

「アーシャ、私の花嫁よ。何ということだ」

アーシャは美しい毛並みに頬を擦り寄せる。

——これは、現実……？

それとも、最期の時に見る幻だろうか。

「ガイ……」

もうどちらでもかまわない。

たとえ幻だったとしても、彼に会えた。

アーシャの手から力が抜ける。ガイの身体から手が滑り落ち、アーシャは再びローザの腕の中に身を横たえる。

「アーシャ様！　お気を確かに」

ローザの声がどんどん遠くなっていく。

アーシャはもう、目を開けていることすら出来ないほど、身体の力を失っていた。

ガイがじっと見下ろしてくる。

自分の創造した世界を慈しんでいた彼の瞳に、次第に怒りの炎が揺らめき始める。

「私の花嫁を傷つけた者を、許すわけにはいかぬ」

風もないのに、ガイの銀色のたてがみがたなびく。

全身から強い怒りを滲ませ、ガイは兵士たちを振り向いた。

「アーシャに害を与えた者、名乗り出よ。名乗り出ぬのなら、この場にいる全ての者に神の裁きを与える」

遠ざかる意識の中、ガイの声がアーシャに届く。

——駄目だ……。

それをしたら、駄目。

アーシャは力を振り絞って再びガイに手を伸ばす。

視界が狭まり、目的も定まらない中、なんとか長い尾を摑むことに成功した。

「だめ……」

「アーシャ？」

振り向いたガイに、アーシャは掠れた上に切れ切れの声で、必死に伝える。

「彼らは……僕…の、守るべき……民。どうか…危害……加えないで……」

マクベルダ王国の王族に生まれた者の、これが使命。

王国のために働いた者を、アーシャは罰することは出来なかった。

たとえ彼らの仕事が、アーシャを捕らえることであっても。

アーシャは皇子として、彼らを守る。

「お願い……ガイ……。彼らを、許して……」

——僕のために、誰も傷つけないで。

あなたの創った人間を。

この世界を、住まう民を、全てを愛し見守り慈しんできたあなたを、天罰を下すような神様にしたくない。

「……そなたが、そう望むのなら」

ガイは踵を返し、アーシャの傍らに座った。

アーシャの最後の願いを、ガイは聞き届けてくれたのだ。

「ガイ……傍に……」

「もう傍にいる」

アーシャは微かに頭を振る。

「僕を……あなたの傍に……」

「ああ」

ガイは再び立ち上がり、周囲の者を見渡す。そしてウォルグに視点を定め、一つ大きな咆哮を発した。

「私欲に溺れた人間よ。神が天より見ていることを、決して忘れるでないぞ」

アーシャの耳に、ウォルグのものであろう、小さな悲鳴が届く。

ガイは身を屈め、アーシャの身体を口にくわえる。

ローザの慌てた声が聞こえた。

「ア、アーシャ様……！」

彼女を安心させるようにガイは、グルル、と低く喉を鳴らし、そして一気に駆け出した。

アーシャの身体を揺らさないように気をつけながら、大きな獅子は王宮の廊下を走り抜け、あっという間にケプト山脈の頂上までたどり着き、そして光の階段を駆け上がる。

アーシャの意識はもうすでに途切れがちで、ふっと一瞬気を失って目を覚ました時には、濃密な甘い香りが漂う花園に横たえられていた。

獣から人の姿へと戻ったガイが、アーシャを抱き抱える。

「アーシャ、しっかりしろ」

「ガイ……ここは……？」

「リリスだ。それより、薬はどこだ？」

「薬……」

アーシャは懐を示す。

ガイが服の中に手を入れ、懐に入れたままだった薬の入った小瓶を取り出した。

「飲め」

「ガイ……、あなたに、言いた……ことが……」

「後で聞く。今は薬を飲むのだ」

アーシャは緩く頭を振り、それを拒む。

わかっていた。

もう、自分が助からないことは。

神の国で作った薬をもってしても、もう死は免れない。

それなら、最後に伝えたいことがあった。


「ガイが……好き……」

「アーシャ……」

「僕を……あなた…の……、花嫁に……」

初めて、誰かを好きになった。

恋を知らなかったアーシャは、最初はその感情に戸惑うばかりだったが、次第に大きくなっていく感情を抑え込むことは出来なかった。

そして好きになったからこそ、命運にただ身を任せ、ガイの花嫁となることに抵抗があった。

他の三人の花嫁と自分を比べ、何も特別な才能があるわけでもなく、彼の花嫁に相応しい人間ではないような気がして、やりきれない気持ちになった。

けれど、彼への想いは変わらなかった。

愛《いと》しい神様。

あなたがこの世界の住民を愛するよりも強く、あなたを愛している。

だから、形だけでもいいから、花嫁になりたいと思った。

最期の一瞬でもいいから。

ガイの伴侶になりたかった。

「アーシャよ、私は今、初めて恐怖という感情を知った。そなたを失うかもしれぬと思ったら、手が震え出した。そなたを失いたくないと、心も身体も訴えている」

アーシャの頬に、ポツポツと水滴が落ちてきた。

血の気を失い冷たくなった肌に、温かい雨が降る。

神様の瞳から落ちてくる雨が……。

「逝《い》くな、アーシャ。私の最愛の花嫁よ。そなたがいなければ、私はもうこの世界を愛せぬ」

その言葉が聞けただけで、十分だった。

アーシャはガイに伝えようと、唇を動かす。

けれどもはや声も出てこない。

それでも唇を動かし、「ありがとう」と言った。

——愛してくれて、ありがとう。

花嫁らしいことを、何一つ出来なくてごめんなさい。

あなたを一人にしてしまって、ごめんなさい。

アーシャが声にならない声でそう伝えると、ガイが顔を歪め、唇を寄せてきた。

初めての口づけは、涙の味がした。

アーシャは瞳を閉じ、幸福感に包まれたまま深い眠りについた。

＊＊＊＊＊

——声が、聞こえる。

アーシャはふっと目を覚ました。

辺りを見回すと、そこは見慣れた場所。

簡素な寝台から身を起こし、開け放たれた窓の外へと視線を送った。

窓から見える空は雲一つない晴天。

どこまでも青い空の美しさに見とれていると、吹き込んできた風に肌を撫でられた。緑の匂いをはらんだ爽やかな涼風が心地良く、寝起きではっきりしない頭に真の目覚めを促してくれる。

しばし窓の外を眺めていると、突然大きな物音がしてびくりと身を竦ませた。

音のした方を振り向くと、そこには銀色の髪と緑がかった金色の瞳に、獣の耳と尻尾が生えた美しい男性が立っていた。

床には、木製の盆と、それに載せていたらしい水飲みが転がっている。

その人のことをよく知っている気がするのに彼の名前が出てこなくて、アーシャは瞬きを繰り返す。

——彼の名前は……そう、ガイだ。

思い出した大切な名前を、声に出して呼んでみる。

「……ガイ」

名を呼ばれた彼は瞳を大きく見開き、唇を戦慄かせた。

「ガイ……ですよね？」

その反応から、アーシャは名前を間違ってしまったかと不安になり、思わず確認していた。

彼は一拍間を置いた後、弾かれたように大股でアーシャに近づいてきた。

両手を大きく広げ、その胸の中にアーシャは包み込まれるように抱かれる。

「アーシャ、私のアーシャ……！」

「ガイ？　どうしたのです？」

「ああ、この日をどれだけ待ったことか……！」

ガイのアーシャを抱く腕に力が籠もる。

突然抱きしめられ、アーシャはドキドキと胸を高鳴らせた。

いったい、どうしたのだろう。

なぜガイはこれほど喜んでいるのだ？

アーシャの頭に疑問符が次々と浮かぶ。

「そうだ、ヒュー！　ヒュー、来てくれ」

ガイは思い出したように、窓の外に向かって声を張り上げた。

「どうなさいました？　ウィシュロス様」

「ヒュー、アーシャが目覚めたのだ」

アーシャはガイの腕の中で体勢を変え、ヒューの声がする方を見やる。

窓枠に、一匹の薄茶色のハリネズミがちょこんと乗っている。

アーシャと目が合うと、ヒューはそのつぶらな瞳をガイと同じく目一杯見開き、「アーシャ……」と呆然と呟いた。

「ヒューまで、どうしたの？」

二人が自分を見て驚く理由がわからず、首を傾げる。

「アーシャ！」

ヒューはものすごい勢いでアーシャに飛びついてきた。

モコモコとした毛玉が、アーシャの肩をよじ登り、しがみつくように頬に張り付く。

「まったく、心配させやがって！」

「心配って……？」

「眠り続けてたんだよ、お前は。俺やウィシュロス様、他のみんなもずっと目覚めるのを待ってたんだぞ！」

「え…………？」

ヒューに言われ、自身の記憶をたどる。

アーシャは、完成した薬を持って王宮に戻ったこと、けれど父は亡くなり、それについてアーシャが花嫁の役割を放棄して神の元から逃げ出したからだとされ、大臣であるウォルグの陰謀にはまり捕らえられたことを思い出した。そして、ウォルグに楯突いたモルダが兵士に剣を向けられ、それをかばって斬られた。その時、自分は瀕死《ひんし》の重傷を負ってしまったのだ。

「僕は、どうなったのですか？」

アーシャは全てを思い出し、ガイに尋ねた。

獅子の姿となり地上に降り立ったガイに連れられ、リリスに戻った。けれど、アーシャは手の施しようがないほどの怪我を負っており、死を覚悟した。あの状態から回復したとはおよそ思えない。

——ということは、僕はもう……。

一度、その生涯を終えたのだろうか。

そして、死後、リリスに召し上げられた？

アーシャはそう思ったのだが、ガイから語られた事実は、少し違っていた。

「確かにアーシャは一度、息を引き取った。けれど、すぐにまた息を吹き返したのだ。だが意識はなかなか戻らず、眠った状態のままのそなたをこの家に連れてきて、私とヒューでずっと看病していた」

「また生き返った？　どうしてそんなことに？　ガイの力ですか？」

ガイは「そうだと思う」と、珍しく曖昧な言い方をした。

「私も自分にこんな力があるとは知らなかった。これまで死者を生き返らせたことなどなかった。何に効力があったのかわからないが、おそらく、最後に口づけをした時に私の涙がそなたの体内に入ったことで、再び心臓が動いたのではないかと、ディアは言っていた」

「涙？　ガイの涙にはそんな効果が？」

「ただ涙を飲ませればいいわけではないようだ。アーシャを目覚めさせるきっかけがわかればと、そなたと同程度の怪我を負った者を下界で見つけ、何度か試してみたが、アーシャのように蘇る者はいなかった。色々な条件が揃って、起こった現象らしい。奇跡のようなものなのだろう」

「奇跡……」

「ああ。愛のなせる奇跡だ」

「あ、愛……っ」

ガイの口から急に甘い言葉が出てきて、アーシャは顔が熱くなる。

自分がガイに告白したことも思い出し、気恥ずかしくなって顔を伏せる。

けれど、ガイは俯いたアーシャの頬に手を添え、上向かせてきた。

「私の花嫁になってくれると申したな？」

「……はい」

アーシャが消え入りそうな声で答えると、冬の辛い寒さを乗り越えようやく春を迎えた花々のように、ガイは優しく微笑みを浮かべた。

「私のアーシャ。愛している」

端正な顔が近づいてきて、アーシャの唇をそっと塞ぐ。ガイの唇はひんやりとして冷たい。けれど、不思議なことに触れた部分から新たな熱が生じ、アーシャの身体を熱く焦がしていく。

「口づけとは、心地良いものだな」

ガイは唇を離すと、そんな感想を告げてきた。

「人が口づけするのを見て、なぜあのようなことをするのかと不思議に思っていたが、なるほど、これは癖になる」

ガイはそう言うと、アーシャにもう一度口づけた。

ヒューは甘い空気にいたたまれなくなったのか、アーシャの肩から降りると窓辺に向かう。そして引き留めようとしたアーシャを振り返り、「いいから」と訳知り顔でニヤリと笑みを送ってきた後、窓から出ていった。

アーシャは今はヒューの計らいをありがたく受け取ることにした。

「あの……、他の花嫁とはしなかったのですか？」

「ん？　そうだな、しなかった」

「……夫婦なのに？」

「名ばかりの夫婦だったからな。過去の花嫁たちは、いい友人だった」

「友人……」

アーシャは密かに、他の花嫁に対してもガイは求婚していたのでは、と思っていたのだが、実際はそうではなかったようだ。

「痣を持つことで下界で辛い思いをするのなら、とリリスに呼び寄せた。彼女たちには幸福であってほしかった。けれど、私の欲する真の意味での伴侶にはなりえなかった」

花嫁の中にはガイに心を奪われていた者もいたかもしれない。

けれど、ガイの心は誰も動かすことが出来なかったようだ。

そう、自分を除いて……。

「ガイ、どうして僕を？」

「そなたと共にいると、この世界がより光り輝いて見える。すくい上げた沢の水、舞い落ちる葉の一枚、風に揺れる一輪の花……、この世界はアーシャがいることで美しさを増す。最初、アーシャは何か特別な力を持っているのかと思った。けれど、違ったのだな。私がそなたを愛したことで、そなたの存在する世界を以前よりもずっと愛おしいと感じるようになっただけだった」

「僕はあなたに何もしてません。特別なことは何も……。他の花嫁のように、何か秀でている部分があるわけでもないし……」

「私はそなたの澄んだ心根に惹《ひ》かれたのだ。そなたは人々を愛し、愛されながら、真っ直ぐに育った。子供のように無邪気に笑ったかと思うと、大切なものを守るためなら自身の身をも捧げる強さを持っている。優しさの中に確固とした信念を持ち強くあろうとする姿は、誰よりも美しい」

ウィシュロスは、慈愛に満ちた眼差しでこちらを見つめながら、綺麗な微笑みを浮かべる。

「それに、そなたといると私は孤独を感じずにすんだ。アーシャは私を神としてではなく、ガイという個人として見てくれているだろう？　私自身を理解しようとしてくれた。それは、他の誰もしてくれなかったことだ。アーシャといると、私は自然に笑うことが出来る」

ガイは寝台から降りると、床に膝をつく。

「そなたを、私だけのものにしたい。神でありながら下界の人間たちのように、愛おしいという感情だけでずっと共にいたいと思った」

アーシャの手を取り、甲に口づけを落とす。

「愛しいアーシャよ、私の花嫁になってくれるか？」

真摯な瞳の奥に、わずかな不安の色が見える。

ずいぶんと人間らしい表情をするようになった、と感じた。

姿形は相変わらず美しいまま。けれど、ふとした時に見せる表情に、人間らしい温もりが垣間見《かいまみ》える。

アーシャはそれを好ましく思った。

神様として泰然と微笑む姿も綺麗だったが、今みたいに少し弱気を滲ませたガイの方が、アーシャの心を揺れ動かす。

アーシャは自らも寝台を降り、ガイと同じ目線になる。

彼の手にもう片方の手を重ね、微笑みかけた。

「はい。あなたの花嫁にしてください」

ガイの顔が明るくなり、満面の笑みが浮かぶ。

アーシャもガイの喜びを感じ取り、いっそう笑みを深くした。

「アーシャ、私の花嫁……！」

「わっ」

ガイに勢いをつけて抱きつかれ、アーシャは寝台の柱に頭をぶつけてしまう。

「すまない。どれ、見せてみよ」

「平気です」

「いいから」

ガイに抱えられ、寝台に乗せられる。

打ち付けた頭を確認した後、ガイはなぜかアーシャの衣服に手をかける。

頭からかぶって着る形の寝間着を脱がされ、思わず悲鳴を上げてしまった。アーシャは寝間着一枚しか身につけておらず、それをはぎ取られた今、一糸まとわぬ姿になってしまった。

「ガイっ、服を……」

「そなたが寝ている間、私が身の回りの世話を全てしていたのだ。身体を拭いたり、着替えさせたり……。今更恥ずかしがらずともよい」

そんなことをガイにさせてしまっていたのか。アーシャは神であるガイの手を煩わせたことを申し訳なく思った。

「すみません……」

「謝ることはない。私がそうしたかったのだ。他の者に、そなたを触らせたくなかったから」

　ガイがアーシャの額に軽く口づけを落とす。

　アーシャの身体がピクリと震え、ガイは素肌の上に手を滑らせてきた。

「あっ、ガイ、何を……？」

「そなたはもう私の花嫁。全てを私のものにする」

「全て……？」

「そう。ここも、ここも……。私の存在をアーシャの身体に覚え込ませる」

「ひゃっ」

　ガイの手が胸の尖《とが》りに到達する。そこを指先でこすられ、アーシャの口から嬌声《きょうせい》が上がった。自分のかん高い声にアーシャ自身びっくりして、真っ赤になって手で口を塞ぐ。

「恥ずかしがることはない。もっとそなたの声を聞かせてくれ」

「や、そんな……っ」

　ガイは執拗《しつよう》に突起をいじってくる。

　押し潰すように触れられ、強すぎる刺激にアーシャは左右に頭を振った。

「や、やぁっ」

　背筋を仰《の》け反《ぞ》らせ、快感に震える。

　初めての行為に、声が止まらない。

「ガイ、やっ、やめて……っ！」

「痛むのか？」

「痛くは、ないけど……、でも、でも……っ」

　アーシャが何度も訴えると、ようやくそこからガイが手を離した。目の前が真っ白になるような刺激から解放され、ホッと息を吐く。

「これならどうだ？」

「え？　ガ、ガイっ」

ガイはアーシャの胸元に顔を伏せると、舌を伸ばし突起を舐め上げた。

「ひゃっ」

耳と尻尾のように、舌は獣と同じ構造をしているようで、人間とは違い少しざらついている。その舌で敏感になっている箇所をザラリと舐め上げられ、身体が大きく跳ねた。

「あっ、あっ！　ガイっ」

たまらなくなり、ガイの銀色の髪を緩く引っ張る。

もう一度顔を上げ、ガイは「痛いのか？」と先ほどと同じ質問をしてきた。

アーシャはゆるゆると頭を振る。

この感覚をなんと表現すればいいのだろう。的確な言葉が見つからず、言葉に詰まる。


「なら問題あるまい」

「あっ、だめ、ガイ……っ、あぁっ」

ガイは艶然と微笑むと、再び胸元に顔を埋めてきた。

何度もそこを舐め上げられ、自分に覆いかぶさる引き締まった体軀に足を絡める。

知識として性交がどんなことをするか知ってはいるが、実際に体験したことはなく、また元々性欲自体が薄かったため、ガイにされること全てが快感へ直結し、アーシャの頭は沸騰したかのようにクラクラし出す。

何も考えられなくなって、本能のまま腰を揺らし、いつしか勃《た》ち上がった中心をガイの腹にこすりつけていた。

「ふふ、感じておるようだな」

「ご、ごめんなさ……っ」

快楽に耽っているところを指摘され、アーシャは恥ずかしくて泣きたくなった。

ガイがどんな顔をしているか直視出来なくて、両手で顔を覆う。

「何をしておる？」

「だって、だって……」

はしたない、いやらしいと、ガイに軽蔑されたかもしれない。こんなことをしても現在直面している事態は変わらないとわかっていたが、ガイの顔を見る勇気がなかった。

すると頭上から優しい声音が降ってきた。

「アーシャ、これは健康な男子という証だ」

「でも……」

「私は嬉しいのだぞ？　そなたが悦《よろこ》んでくれて」

「……本当？」

「ああ」

アーシャはそろそろと手を外す。

視線が交わると、ガイはいつもと変わらない微笑みを向けてきた。

「愛しいアーシャ。もっと乱れていいのだぞ」

「ガイ……」

彼の手が下へと降りていき、内腿《うちもも》を撫でる。そしてすっかり硬くなり、透明な雫をこぼし震えている中心に到達した。

「このままでは辛いだろう。こちらも可愛がってやらぬとな」

「あっ！　ガイっ、あんっ」

反り返った中心に、ガイの体温の低い指が絡む。それすら快感に繋がる刺激となり、アーシャは腰を跳ねさせた。

ガイは悶《もだ》える姿を楽しそうな瞳で見下ろしながら、焦らすようにゆっくりと幹をしごいてくる。

「あっ、あっ、だめっ」

アーシャの身体は刺激を受けるたびにビクビクと小刻みに震える。

自分でも性的な意味を込めて触ったことの少ないそこは、刺激に対してとても敏感だった。

軽くこすられただけだというのに、先端からはダラダラと透明な蜜が止めどなく溢れてくる。

「やっ、恥ずかしい、です……っ」

ガイの手をそこから引きはがそうとする。けれど急所を握られていては無理矢理引っ張ることも出来ず、ガイのそれにそっと手を添えただけの状態に甘んじた。

ガイの手淫は巧みで、すぐにアーシャの弱い部分を見つけ、そこばかりをこすってくる。

括《くび》れを優しく撫でられ、背筋にゾワゾワとした快感が走った。


「ガイ、もう、もう……っ」

アーシャはその言葉とほぼ同時に、中心から白濁を散らす。

ガイの手が、放出を助けるように幹をしごいてきて、アーシャは最後の一滴まで出し切る。

ぐったりと寝台に横たわっていると、ガイがアーシャの両足を広げ、その間に身を置いてきた。

ガイは枕元にあった小瓶を開け、中身を手の平に出す。琥珀色のドロリとした液体からは、濃密な甘い花の香りがした。

アーシャは膝を立てさせられ、奥にある蕾《つぼみ》にそれを塗り込まれる。

「あっ、それは？　なに？」

「花の蜜だ」

ガイが言うには、アーシャが眠っている間に、妖精たちが見舞いの品にと持ってきてくれたらしい。

それをガイは毎日アーシャの口に流し込み、栄養分を取らせてくれていたという。

「だが、もう食事の心配はないな。今は栄養補給ではなく、違うことに使わせてもらおう」

ガイは蜜を塗り込めた指を蕾にあてがい、少しずつ中へと挿入してきた。

「ひっ、やぁっ」

「ゆっくり息を吐け。傷つけたくない」

「ふっ、ふう……」

アーシャは未知の経験にどうしたらいいのかわからず、とにかくガイの言うことに素直に従った。吸って吐いて、と意識して深呼吸を繰り返す。

ガイが何をしようとしているのか、わからない。けれど、ガイがそうすることを望むのなら、アーシャは彼を受け入れようと思った。

閉ざされていた蕾を、ガイの手でゆっくりと広げられていく。指は徐々に本数を増やされ、三本入るまでにそこは広げられた。

「アーシャ、わかるか？」

「ん……」

「後ろに意識を集中しろ。ほら、ここだ」

「あっ!?」

ガイの指が内壁のある一点をこすったその瞬間、目の前が一瞬真っ白になった。

鋭い快感がアーシャの身体を突き抜ける。

「あっ、あぁっ」

ガイはその一点を執拗に攻めてきた。身体の内部から湧き上がる強い快楽に、アーシャは全身を戦慄かせる。

「や、こわい……っ」

覆いかぶさるガイの背に手を回し、しがみつく。

ガイは震えるアーシャの髪を愛おしそうに梳き、

宥めるように軽い口づけを落としてきた。

「可愛い私のアーシャ」

ガイの艶を帯びた声が鼓膜を震わせ、頭の中を溶かしていく。

身体からフッと力が抜けたその隙を見逃さず、ガイはアーシャの膝裏を抱え、十分解れた蕾にたぎった自身をあてがってきた。

見つめ合ったまま、ゆっくりと腰を沈めてくる。

「あ……、う……」

痛みはないが、狭い場所を押し広げられる感覚に身体が強ばる。

アーシャは反射的に目を閉じていた。

するとガイの手が伸びてきて、左頬を撫でられる。そこは蝶の痣が現れる場所。きっと今も、痣が浮かび上がっているはずだ。

ガイはそこに口づけると、耳元で低く囁いた。


「アーシャ、目を開けてくれ」

「う……」

「私を見てくれ、アーシャ」

甘い、懇願するような声音。

アーシャは拒むことなど出来ず、そうっと目を開ける。

金色がかった瞳。彼の端正な顔に、サラリと銀色の髪が落ちる。

「これが幸福というものなのだな」

ガイが微笑む。

「私にこれほど大きな幸福を与えてくれたのは、そなただけだ」

「ガイ……」

アーシャはガイの言葉に胸が詰まり、言葉の代わりに涙をこぼす。

――僕こそ、幸せです。

こうしてあなたに求められ、一つになれて。

愛してもらえて、幸せです。

「愛している、アーシャ」

「僕も……」

アーシャの返事に、内側に収めたガイ自身が一回り大きくなった。

ガイも限界なのか、アーシャの身体を気遣いながらも、律動を開始する。

ギリギリまで引き抜かれ、穿《うが》たれる。

張り出した部分で感じる箇所を刺激され、アーシャは身悶えた。

初めての行為に終始熱に浮かされ、あられもない嬌声を上げる。

乱れた姿をガイに見られるのは恥ずかしかったが、彼が嬉しそうな顔をしてくれるから、それでいいと思った。

「あ、あんっ、ガイ……っ」

「アーシャ、一緒に」

「あ、あぁ――――っ！」

「くっ……！」

最奥に感じる迸《ほとばし》り。

彼のものになったことを身を以って実感し、アーシャは喜びでまた一粒涙をこぼした。

＊＊＊＊

「アーシャ、本当に行くのか？」

「はい」

南の花園にある門の前で、旅支度をしたアーシャを心配そうにガイが見ている。

「やはり私も一緒に行こう」

「一人で行くと、いつも言っているでしょう。ヒューも一緒ですから、大丈夫です」

まだ不服そうな顔をしているガイに向かって、アーシャの肩に乗ったヒューがお辞儀をする。

「アーシャのことはお任せください。下界になど降りたくはありませんが、アーシャのため、お供して参ります」

そう言って胸を張るヒューを見て、ガイは呆れたような顔をする。

「何が『下界に降りたくない』だ。ヒューは下界の人間たちに大人気のようだな。今回も女人にちやほやされて、下界の生活を満喫してくるのだろう」

「う……っ。どうしてそれを？」

「アーシャが危ない目に遭っていないか、常にディアの湖で下界の様子を見ているのだ。口だけ嫌そうにしても、私はお見通しだ」

ヒューはバツが悪そうな顔で俯く。

やりとりを聞いていたアーシャは、すっかり打ち解けた二人を微笑ましく見つめる。

「こんな色欲に目がくらんだハリネズミが供では心配だ。私も行こう」

「だから、それは駄目ですって何度も言ってるじゃないですか。神様が突然姿を現したら、地上は大騒ぎになるんです。やれ宴《うたげ》だなんだと、ガイをもてなすために、人もお金もたくさん使うことになるんですよ？　毎回宴を開いていたら、王国の財政が破綻してしまいます」

「……アーシャは、私と離れても平気なのか？」

ガイは背を丸め、耳と尻尾を下げる。しゅんとしたその姿に、胸が痛まないでもなかったが、これは自分に与えられた役目なのだから、と心を鬼にする。

「たった三日です。すぐですすよ」

「三日か……。そなたと出会うまでは、三日など瞬きをする時間と等しいくらいのものだったのだがな」

そんな嬉しいことを言われると、アーシャもガイと離れがたくなってしまう。

困り顔で、消沈しているガイを見やる。

あの日、大怪我を負ったアーシャは一度亡くなり、そしてガイの涙によって再び息を吹き返した。けれど、ずっと眠ったまま、十年の歳月が流れていたのだと知ったのは、目覚めてだいぶ経ってからだった。

十年もの間眠っていたことに、自身でなぜ気づかなかったのか……それは、アーシャが全く歳をとっていなかったからだ。

確かに目覚めた時、成人を迎え短く切ったはずの髪が腰の下まで伸びていたけれど、蘇《よみがえ》った副作用なのかと思っていたのだ。

けれど、身体が完全に回復し、ディアの元を訪れ地上の様子を湖に映した時に、アーシャはずいぶん長い年月が経っていたことに気づいた。

今のマクベルダ王国の国王は、アーシャの長兄のアドルフ。次兄のイザークは国王を一番近くで補佐する大臣の役についている。姉のメリルは四人の子供の母になっていた。

ずっと共に王宮で育った兄姉たち。

けれど、彼らはアーシャの記憶の中の姿よりも、ずっと大人になっていた。

それがどういうことか、理解するまでに時間を要した。

そして時の流れを理解したアーシャは、次に、なぜ自分だけが歳をとっていないのか疑問に思った。

やはりあの時に死んでしまったのだろうか？　そしてリリスに召し上げられた？

そう思ったのだが、アーシャの心臓は鼓動を刻み、体温もあった。怪我もすれば、病気もする。腹も減る。

生物として生きる機能を必要としない、ヒューのような死後召し上げられた者たちとは違っていた。

つまり、生きていることになるのだが、不思議なことに、アーシャの身体は一度死んだ時の年齢で成長が止まってしまったようだ。

その理由はガイにもわからないという。

自身の身体の変化に戸惑ったりもしたが、アーシャは前向きにとらえることにした。

悩んでいても、仕方ない。

リリスの住民として、ガイの伴侶として、自分に出来ることをしようと決めた。

そうしてアーシャが自ら見つけた役割が、薬作りだった。

リリスにしかない薬草を使って、様々な薬を作る。そしてそれを地上に届けることにしたのだ。

ガイは反対しなかった。

それどころか、アーシャにぴったりの役割だと言って、手伝ってくれている。

アーシャが当初考えていたものとは違う形だが、マクベルダ王国のために力になれることを嬉しく思っている。

目を覚まして二年目に、薬を届けるため初めて地上に降りてみた。

地上では亡くなったとされていたアーシャが突然、昔のままの姿で現れ、王宮内は騒然となった。

けれど、アーシャの元気な姿を見た兄や姉は、とても喜んでくれた。

アドルフにいたっては、自分の力不足でアーシャに罪をかぶせようとしていた当時の大臣であるウォルグを止められなかったことを何度も謝罪してきて、彼もこの十数年、とても苦しんでいたことを知り、胸が痛くなった。

件《くだん》のウォルグはあの後すぐに大臣の任を解かれ、新国王となったアドルフがアーシャに向けられた疑惑を否定したことで、アーシャはむしろ神の怒りを鎮めて国を守ってくれた偉人として、語り継がれていたようだった。

彼らにこれまでの経緯と、これからも人々を救うために薬を届けたいことを伝えると、快く承諾してくれた。

それからというもの、定期的に地上に薬を届けにいっている。

そして今日がその半年に一度の地上へ降りる日。

これで七回目だった。アーシャが目を覚ましてからは、五年の歳月が流れている。

前回、降りた時に、モルダを看取った。ローザは王宮勤めから、メリルの子供の子守役として、ワーズ家に勤め先を変えていた。

地上に降りるたび、親しい者たちは少しずつ歳をとっていく。

メリルの子供たちも、そう遠くない将来、アーシャの身長を追い越すだろう。

自分だけ時が止まったかのような状態を、寂しいと感じる時もある。

けれど、アーシャはこの身体になったことを後悔していない。普通の人間よりはずっと長生き出来そうだからだ。

その分、ガイと長く一緒にいられる。

彼を一人にはしたくなかった。

「ガイ、それではこれで」

「気をつけるのだぞ」

「ガイも、あまりディア様に我が儘言わないように」

拗ねている神様に、アーシャは背伸びして口づける。するとアーシャの頬に、ほのかに蝶の形をした痣が浮かび上がった。

何度口づけても、慣れない。

顔を見るたびに、胸が高鳴る。

初めて身を焦がすほど愛したのは、この世界を創造した神様。

アーシャは彼の花嫁。たった一人の伴侶だ。

それはこれからも変わらない。

アーシャはガイに微笑みかける。

「行ってきます」

帰る場所は、神の国。

これからもここで生きていく。

愛する神様と一緒に。

永遠に、神様と恋をする。

あとがき

はじめまして。月森《つきもり》あきと申します。

数ある書籍の中からお手に取っていただき、ありがとうございます！

本作は、孤独を抱えた神様と、古の契約で花嫁として捧げられた一人の皇子が、天上の国で恋に落ちるお話です。優しい、読後感の良いお話になるように目指しました。

作中には、天上の国・リリスの住民たちが出てくるのですが、特に主人公の相棒となるハリネズミのヒューが、書いていてとても楽しかったです！「ハリネズミ、触りたい！」と熱望しながら書いてました（笑）。獅子となったガイにも触りたい！この欲求を満たすためにも、近所に出来たアニマルカフェに近日中に行かねば（獅子はいないけど）……！お読みくださった方にも、リリスの住民たちが愛されるといいな、と願っております。

ファンタジー作品ということで、キャラの名前一つ決めるのにも頭を悩ませましたが、締め切り二日前、終盤のラブラブしてるシーンを書き足している時に、パソコンの調子が悪くなって、追加した文章が消えた時（しかも連続二回も）が、一番辛かったです。すぐさま新しいパソコンを買いに走りました。色々ときつかったです……。

ここに至るまでに、たくさんの方々のお力をお借りいたしました。

私の文章力が足りないために、今一つ華やかさに欠けるお話になってしまいそうなところを、小禄《ころく》先生の美麗なイラストが補ってくださいました。小禄先生のイラストを受け取った時の感動は忘れられません！　攻・ガイがイメージ通り、いえそれ以上に素敵で、身もだえてしまったほどです！　お忙しいところ、こんなに素晴らしいイラストを描いてくださり、本当にありがとうございます。

そして担当M様。色々と勝手がわからず、ずっとご迷惑をかけ通しでした。根気よくお付き合いくださったおかげで、無事にこのお話を世に出すことが出来ました。感謝してもしきれません！　このような機会をくださり、ありがとうございました！

他にも、本という形になるまで、さらにはなってからも、多くの方々のお力をお借りしております。お一人ずつお礼を申し上げたい気持ちでいっぱいですが、この場にお礼の言葉を記させていただきます。ありがとうございました。

最後になりましたが、ここまでお読みくださった方に、心からの感謝を申し上げます。たった一シーンでも、セリフ一つでも、何かお心に響くものがありましたら、これ以上の喜びはありません。可能であれば、ご感想をお聞かせいただけますと幸いです。

それでは、最後までお読みくださり、本当にありがとうございました。

月森あき

ふたりの彼の甘いキス《ふたりのかれのあまいきす》

葵居ゆゆ
イラスト：兼守美行

本体価格 870 円+税

漫画家の潮北深晴は、担当編集である宮尾規一郎に恋心を抱いていたが、その想いを告げる勇気はなく、見ているだけで満足する日々を送っていた。そんなある日、出版パーティで知り合った宮尾の従弟で年下の俳優・湊介と仲良くなり、同居の話が持ち上がる。それを知った宮尾に、「それなら三人で住もう」と提案され、深晴は想い人の家で暮らすことに。さらに、湊介の手助けで宮尾と恋仲になれ、生まれて初めての甘いキスを知る。その矢先「深晴さんを毎日どんどん好きになる。だからここを出ていくね」と湊介にまさかの告白をされ、宮尾のことが好きなのに深晴の心は揺れ動き…？

リンクスロマンス大好評発売中

月の旋律、暁の風《つきのせんりつ、あかつきのかぜ》

かわい有美子
イラスト：えまる・じょん

本体価格870円+税

奴隷として異文化の国へと売られてしまった、美しい青年のルカは、逃げ出して路地に迷い込んだところをある老人に匿われることに。翌日老人の姿はなかったが、かわりにいたのは艶やかな黒髪と銀色に煌めく瞳を持つ信じられないほど美しい男・シャハルだった。行く所をなくしたルカは、彼の手伝いをして過ごしたが、徐々にシャハルの存在に癒され、心惹かれていく。実はシャハルは地下に閉じ込められてしまった魔神で、そこから解き放たれるにはルカの願いを三つ叶えなければならなかった。しかし、心優しいルカにはシャハルと共に過ごしたいという願いしか存在せず…。

二人の王子は二度めぐり逢う

ふたりのおうじはにどめぐりあう

夕映月子

イラスト：壱也

本体価格 870 円+税

日本人ながら隔世遺伝で左右違う色の瞳を持つ十八歳の玲は、物心ついた頃から毎夜のように見る同じ夢に出てくる王子様のように綺麗な青年・アレックスに、まるで恋するように淡い想いを寄せ続けていた。そんな中、ただ一人きりの家族だった祖母を亡くした玲は、形見としてひとつの指輪を譲り受ける。その指輪をはめた瞬間、それまで断片的に見ていた夢が 前世の記憶として、鮮明に玲の中に蘇ってきたのだった。記憶を元に、前世に縁があるカエルラという ヨーロッパの小国を 訪れた玲は、記憶の中の彼と似た男性・アレクシオスと出会い――？

リンクスロマンス大好評発売中

ヤクザに花束

やくざにはなたば

妃川 螢

イラスト：小椋ムク

本体価格870円+税

花屋の息子として育った木野宮悠宇は、母の願いで音大を目指していたが、両親が相次いで亡くなり、父の店舗も手放すことに。天涯孤独となってしまった悠宇は、いまは他の花屋に勤めながらもいつか父の店舗を買い戻し、花屋を再開できたらと夢見ている。そんなある日、勤め先の隣にある楽器屋で展示用のピアノを眺めていた小さな男の子を保護することに。毎月同じ花束を買い求めていく男・有働の子供だったと知り驚く悠宇だが、その子に懐かれピアノを教えることになる。有働との距離が縮まるほどに彼に惹かれていく悠宇だが、彼の職業は…？

LYNX ROMANCE

小説原稿募集

リンクスロマンスではオリジナル作品の原稿を随時募集いたします。

募集作品

リンクスロマンスの読者を対象にした商業誌未発表のオリジナル作品。
（商業誌未発表のオリジナル作品であれば、同人誌・サイト発表作も受付可）

募集要項

＜応募資格＞

年齢・性別・プロ・アマ問いません。

＜原稿枚数＞

４５文字×１７行（１枚）の縦書き原稿、２００枚以上２４０枚以内。
※印刷形式は自由。ただしＡ４用紙を使用のこと。
※手書き、感熱紙不可。
※原稿には必ずノンブル（通し番号）を入れてください。

＜応募上の注意＞

◆原稿の１枚目には、作品のタイトル、ペンネーム、住所、氏名、年齢、電話番号、メールアドレス、投稿（掲載）歴を添付してください。
◆２枚目には、作品のあらすじ（４００字～８００字程度）を添付してください。
◆未完の作品（続きものなど）、他誌との二重投稿作品は受付不可です。
◆原稿は返却いたしませんので、必要な方はコピー等の控えをお取りください。
◆１作品につき、ひとつの封筒でご応募ください。

＜採用のお知らせ＞

◆採用の場合のみ、原稿到着後６カ月以内に編集部よりご連絡いたします。
◆優れた作品は、リンクスロマンスより発行させていただきます。
原稿料は、当社既定の印税でのお支払いになります。
◆選考に関するお電話やメールでのお問い合わせはご遠慮ください。

宛　先

〒151-0051
東京都渋谷区千駄ヶ谷４−９−７
株式会社　幻冬舎コミックス
「リンクスロマンス　小説原稿募集」係

LYNX ROMANCE

イラストレーター募集

リンクスロマンスでは、イラストレーターを随時募集いたします。

リンクスロマンスから任意の作品を選び、作品に合わせた
模写ではないオリジナルのイラスト（下記各1点以上）を描いてご応募ください。
モノクロイラストは、新書の挿絵箇所以外でも構いませんので、
好きなシーンを選んで描いてください。

1 表紙用 カラーイラスト

2 モノクロイラスト（人物全身・背景の入ったもの）

3 モノクロイラスト（人物アップ）

4 モノクロイラスト（キス・Hシーン）

募集要項

＜応募資格＞

年齢・性別・プロ・アマ問いません。

＜原稿のサイズおよび形式＞

◆Ａ４またはＢ４サイズの市販の原稿用紙を使用してください。
◆データ原稿の場合は、Photoshop（Ver.5.0 以降）形式でＣＤ－Ｒに保存し、出力見本をつけてご応募ください。

＜応募上の注意＞

◆応募イラストの元としたリンクスロマンスのタイトル、あなたの住所、氏名、ペンネーム、年齢、電話番号、メールアドレス、投稿歴、受賞歴を記載した紙を添付してください（書式自由）。
◆作品返却を希望する場合は、応募封筒の表に「返却希望」と明記し、返却希望先の住所・氏名を記入して返送分の切手を貼った返信用封筒を同封してください。

＜採用のお知らせ＞

◆採用の場合のみ、６カ月以内に編集部よりご連絡いたします。
◆選考に関するお電話やメールでのお問い合わせはご遠慮ください。

宛先

〒151-0051 東京都渋谷区千駄ヶ谷４ー９ー７
株式会社　幻冬舎コミックス
「リンクスロマンス　イラストレーター募集」係

この本を読んでの
ご意見・ご感想を
お寄せ下さい。

〒151-0051
東京都渋谷区千駄ヶ谷4-9-7
(株)幻冬舎コミックス　リンクス編集部
「月森《つきもり》あき先生」係／「小禄《ころく》先生」係

リンクス ロマンス

天上の獅子神と契約の花嫁

2018年7月31日　第1刷発行

著者……………月森《つきもり》あき

発行人…………石原正康

発行元…………株式会社　幻冬舎コミックス
〒151-0051　東京都渋谷区千駄ヶ谷4-9-7
TEL 03-5411-6431（編集）

発売元…………株式会社　幻冬舎
〒151-0051　東京都渋谷区千駄ヶ谷4-9-7
TEL 03-5411-6222（営業）
振替00120-8-767643

印刷・製本所…株式会社　光邦

検印廃止

ISBN978-4-344-84264-9 C0293
Printed in Japan

幻冬舎コミックスホームページ　http://www.gentosha-comics.net